老いを見るまなざし

ドクター井口のちょっと一言

名古屋大学名誉教授
愛知淑徳大学教授

Akihisa Iguchi
井口昭久

風媒社

老いを見るまなざし——ドクター井口のちょっと一言 ◉ 目次

III 知らない貯金 65

VI 戦災の子供

I　サングラス

サングラス

私は神経質そうな怖い面相をしている。私を見た赤ん坊は必ず大声を上げて泣くのが常であった。

長男が小学生だったころ、忘れた弁当を学校へ届けたことがあった。帰宅した長男によると「お前の親はヤクザか？」と友達に言われたそうだ。

最近、往年の怖さがなくなって世間では私をただの老人としかみていないらしい事件が続いた。

車のドアが隣の車に触れたとやくざ風の男にいちゃもんをつけられて一万円取られた。中年女性に些細な事故だったのに重大事故並みの保険金を請求された。

私の患者のAさんに話すと「なめられたんですよ。車に乗るときはサングラスをかけるといいですよ」というありがたい助言を受けた。

行きつけのスーパーの二階に眼鏡屋がある。店のお兄ちゃんに「怖そうなサングラスを頼む」というと、黒のサングラスを勧めてくれた。「細い方が怖そうにみえますよ」というので細長のやつを作った。鏡を覗いてみると身震いするほどの他人になった。

スーパーですれ違う人は怖がるだろうと思ったから、車に乗っているときだけかけるようにしていた。

その日は、交換するのを忘れてサングラスをしたままクリーニング屋へ行った。途中で「やけに今日は暗い日だな」と思って気がついたが、面倒くさかったし、それにクリーニング屋のおばさんの反応を試してみようと思ったので、そのままクリーニング屋へ行った。

おばさんは私を一瞥すると黙って衣類を数え始めた。平時とは異なる気配がカウンターの周辺に漂った。私もいつもの冗談を控えて無口で通した。

無言のまま時間が経った。奥から洗濯済みの衣類を持って来ても私をまともに見ようともせずに黙っていた。明らかに怯えているように見えた。私には確かにそう見え

た。

私はサングラスを外して「怖かったでしょう⁉」と言ってみようかと思った。しかし、私がサングラスを外す前に何気なく言った彼女の一言が私をひどく落胆させた。

彼女は私に「目を悪くしたの？」と言ったのだった。

繭

「繭一つ取り残された梁のうえ」

私が小学生の時につくった俳句である。

小学生の高学年の時だったような気がする。

学校の先生に褒められたわけではないが、今でも覚えている。

家の中で飼われていた蚕は、夏の間に天井の梁に登り糸を吐いて繭をつくった。

冬の夜に、その繭を私が見つけたのだ。

今では養蚕《ようさん》を営む農家はなくなってしまったが、昭和二十年から三十年代の信州の主産業は養蚕であった。

その当時の長野県には信州大学に繊維学部があり、日本を代表する製糸会社であった片倉製糸工業があった。

養蚕業は当時の農家にとって貴重な現金収入であったので、人々は蚕のことを「お蚕様」と呼んだ。

初夏から秋にかけて我が家の主人公は蚕であった。

どの部屋にも蚕のための棚がつくられて人間は蚕の間に布団を敷いて寝たものだ。

古い農家に大きな家が多いのは当時の養蚕の名残りである。

母は畑から桑の葉をとってきてお蚕様に与えた。

母の苦労を見ていた私は「蚕を畑で飼えばいいのに」と子供心に思ったものだ。

しかしこの原稿を書くにあたりYahoo!で〝蚕〟を調べてみると、蚕は絹を生産するために人間によって家畜化された昆虫であり、野生動物としては存在しないのだということがわかった。

野生回帰能力を失ってしまった唯一の家畜化動物であり、人間による管理なしでは生きることができないそうだ。

なにしろ五千年も前から人間に飼われてきた昆虫である。

完全に人間の所有物になってしまったのだ。

蚕を畑の桑の葉にとまらせても、餌の桑の葉を探さないまま餓死してしまうそうだ。

私は大人びた子供であった。子供心にそんな自分が嫌いであった。

大人に「気に入られよう」と媚びた行動をとり、それが大人の嫌悪感を誘発して更に嫌われるという悪循環に陥っていた。

私はその循環を自覚しており、抜け出すために早く大人になりたかった。

天井に発見した繭から飛び立つ蝶のように青空に向かって飛び出したかった。

私が俳句をつくったのは冬の夜であった。

しんしんと雪の降る夜に、私は天井に繭を見つけたのだった。

冬の夜の雪は遥か彼方の夜の底から降ってきた。

朝になると、世界は繭のように真っ白に変わっていた。

田んぼも天竜川の土手も白い雪に覆われた白銀の世界であった。

世界が変わる予感に満ちていて、私はわけもなく嬉しかった。

お蚕様は梁の上の繭の中で蛹（サナギ）となり、脱皮してほどなくして空中に飛び立っていったものと思っていた。

しかし今（二〇二三年二月）Yahoo!で調べてみると、蛹から脱皮した成虫は蛾《が》となるのだが、翅《はね》はあるが羽ばたくことはできないことがわかった。体が大きいことや飛翔に必要な筋肉が退化していることが原因だそうだ。

私が見つけた梁の上のお蚕様は家から抜け出すことができずに天井から落下して死んでいたのであった。

ETCパニック

新車を買った。

週に一度近郊の町の病院の外来診察に通っているが、その帰路のことであった。

金曜日、のどかな午後だった。伊勢湾岸道路から港に停泊する船がみえて、鈴鹿山脈の上空は晴れていた。

高速道路を降りるインターチェンジの料金所のETCゲートが閉鎖されていた。

直前になるまでゲートの閉鎖に気がつかず、私は慌てて一般用のゲートに車を入れた。

「ETCカードを出してください」と係員に言われた。

突然カードを出せと言われて困った。

カードが収まっている車内の場所を知らなかったのである。

運転席の右側の下のレバーを引っ張ってみたが、そこにはカードはなかった。

その上を開けてみたがそこにもなかった。

一番上の段にカードを発見して係員に渡すと、「後ろのトランクが開いていますよ」と言った。

私が最初に触った下のレバーが後ろのトランク用であったのだ。

「悪いけど閉めてくれない」というと、「わかりました」と言って人の良さそうな係員がボックスから出てきた。

後ろに回ってトランクを閉めてくれたが、その前に渡したETCカードを私に戻すのを忘れてしまっていた。

催促すると慌てて返してくれた。

そのカードを元の位置に戻そうと隙間に差し込むと、刺さったままで戻ってこなくなってしまった。

差し込み口の横に付いている緑のランプも消えてしまっていた。私は不安になった。

このままでは次からETCカードが使えない。

焦っているうちにゲートが開いた。

問題を残したままゲートを出ると、赤いランプが点滅していることに気がついた。ボンネットが開いていたのだ。

ETCカードを探して触ったスイッチにボンネットオープナースイッチがあったのだ。ボンネットが開いたまま運転すると危険である。前が見えなくなる。

この辺りから私の意識は異次元の世界に入ったようだ。

運よく近くにコンビニがあって駐車場に車を入れた。

車から降りてボンネットを閉めてから車を買った販売店へ「ETCカードが抜けなくなったので、すぐに行く！」と電話をした。

販売店へ直行する途中で、眼前のディスプレイ画面が暗くなってしまったことに気がついた。

何かわからぬが、車全体に異常事態が発生したのではないかと思った。

販売店に着くと丸顔の若い女性が対応してくれた。彼女は落ち着いていた。

「ディスプレイの地図画面が暗くなるのは通常の現象で、車が明るいところへ出ると

ETCが
??
??

自然にそうなるのです」と懇切丁寧に説明されたが、私には懇切丁寧過ぎて何のことか理解できなかった。

彼女の言葉を反芻《はんすう》して「通常の状態では周囲が明るくなれば画面が暗くなるのだ」ということを理解した。いつもそうであり、前からそうであり、今日突然そうなったのではないとわかるまで時間がかかった。

そうか、そういえばそうだったと納得した。

ＥＴＣカードが取り出せなくなったのは、所定の箇所の上方の隙間へ強引に押し込んだのが原因であったと、別の店員が説明してくれた。

車には何の故障も生じてはいなかったのであった。

どこか一カ所に不安を感じると「体全体が病気になってしまったような気分になる」患者の心境が理解できた。

宅配ボックス

年末になるとお歳暮が贈られてくる。

郵便受けに「荷物を宅配ボックスに入れておきました」と宅配の人の手紙が入れてあった。

我が家をこの地に建ててから二十年以上は経つが、そのボックスを使ったことはなかった。

宅配ボックスは玄関から離れた場所で駐車場の隣にあるため、存在に気がつく配達業者は今まではいなかったのだ。

玄関は二階にあり、駐車場が一階にある。

家人すらその存在を忘れていたボックスへ配達物を投入していった宅配の人はどんな人なのだろう？

こんなことをする人は老人に違いないと、なぜか確信した。

私は玄関を出て階段を下り宅配ボックスを開けようとしたが、開かなかった。鍵が必要であったのだ。

厄介なことをしていった宅配の人を私は憎らしく思った。

家の中に戻って、長い間使ったことはなかった、あるかないかわからない鍵を苦労して探し出して、鍵穴に挿した。

鍵は思いのほか簡単に回った。

しかしボックスの扉は開かなかった。

開かずのボックスに入っている荷物は誰からの物か？

送り主は私から着いたという返事を待っているはずだ。

お礼の返事を早く出さねばならぬが誰に出せばいいんだ。

私は宅配の爺さんを恨んだ。

開かないこのボックスにどうやって荷物を入れたのか？

私はそのからくりを知りたかった。

宅配BOX
不在票

宅配の爺さんの再来を待っていた。

次の日に事件の主犯が新たなお歳暮を持ってやってきた。

私の想像とは異なり、若いお兄ちゃんであった。

「どうやって開けたのだ?!」と詰問すると、「開いていたので入れておきました」と平然と言うではないか。

彼は事件の真相を理解できていないようであったので、彼の前で開扉を試みて見せた。

私がおもむろに鍵を鍵穴に差し込んで回し、取手を持って引っ張ったが、扉は動じなかった。

私は「こういうことなんだよ。わかったか!」と、勝ち誇ったような顔になったに違いなかった。

しかし、お兄ちゃんは不審そうな表情を崩さなかった。

「じゃー自分で開けてごらんよ」という私の誘導に、彼が錆びた扉をつかんで引っ張ると開いた。

錆びたボックスの扉を開けるにはある閾値を超えた力が必要であったのだ。

古くなった鍵は無効になっていた。

私の力が足りなかったのが真相であった。

私は毎朝、外来の始まる前に、診療所にある自動販売機でペットボトルに入ったお茶を買う。

私の指の力では開かない蓋を看護師に開けてもらう。

彼女たちは平然と開けてくれる。

それと同じ原理であったのだ。

ペットボトルは力を出せば開くことがわかっているが、この宅配ボックスは力を入れれば開くという事実を私が知らなかった。

それにしても人間は思わぬことで、見も知らぬ人を憎んだり恨んだりするものだ。

懐かしき葬式

私がニューヨークに渡って一年半経ったときの秋に、五十七歳の母が末期の胃癌に侵されていることがわかった。四十年前のことだった。

死期の迫っている母のことを思いながら異国で暮らした日々は辛かった。

翌年の五月になると、終末期になった母は駒ヶ岳が見える天竜川の河畔の病院へ入院した。

私は家族を連れて帰国して、病院へ泊まり込んで母との最期の時を過ごした。

母は庭に柿の花の匂いがする五月に死んだ。

現代のような葬儀社や葬儀場はなく、葬式は自宅でおこなわれた。

田舎の葬式は面倒なしきたりがあり、手順があった。

葬式の根回しの経験のない私は年長者に頼るしかなかった。

村人たちは勤務を休んで葬式に出席してくれた。

そして庭で釜を焚き大鍋に湯を沸かした。

女たちが朝早くから大量の料理をつくった。

私は申し訳なさにいたたまれなかった。

遠方の親戚が来て我が家に泊まったのだが、アメリカから帰国したばかりの私に彼らを泊めるための布団の所在さえわからなかった。

私は恐縮しきって、長男不在の欠陥家庭を恥じ入るばかりであった。

村の男たちは集まって夜まで酒を飲んだ。

長い伝統に培われてきた儀式であったが、私にとっては理解し難い苦行であった。

このような理不尽さがいつまで続くのかと、私は憤りさえ感じた。

葬式は三日間も続いた。

母の葬式から四十年が過ぎて、どうやっても変わりっこないと思っていた田舎の葬式が劇的に変化したようだ。

何が転機で変わったのか定かではないが、私の村では家で葬式をすることはなくなったそうだ。

田舎の葬式は都会よりも簡素になったと言う人さえいる。

長男が不在の家が多くなったからかもしれない。

これほどに短期間に劇的に様式が変わった風習は、日本の村の歴史の中で他に例がないのではないかと思う。

最近ではコロナ禍のために、さらに古い伝統を捨て去ったような社会が出現している。

病院での面会は制限され、亡くなっても自宅に戻らず葬儀場に直行する。

そして家族だけの葬式が多くなった。

村ではかつての葬式のような大人数が集う機会がなくなり、噂話に溢れる社会が消えた。

私はこの頃、葬式に人が集まることは田舎が生み出した知恵ではなかったかと思うことがある。

そして現代に生きる私たちは、何か大事なものを失ってしまったような気がする。

今年の五月の連休に誰もいない実家に帰ると、あの日のように天竜川の向こうに飯田線の電車が走り、駒ヶ岳に白い雲が浮かんでいた。

今はもう、騒々しく母を見送ってくれた村人たちは死んでしまって誰もいない。

庭にはあの日のように柿の花の匂いがしていた。

II　望遠鏡効果

望遠鏡効果――なぜ年をとると時間が速くなるのか――

私は九年前に終末期に至る食道癌を患った。人生が終わると思ったときが、私個人の歴史の「標識」になっている。私が標識を選んだのではない。標識の方が私の方に押しかけてきたのだ。

最近結婚式に出席した。死ぬ覚悟をしたそのとき以降、結婚式に出た覚えがない。結婚式に着る衣装があるか心配になったが、式服は結婚式も葬式も同じであることを思い出して安心した。結婚式には白いネクタイを締めて行くことも思い出した。結婚式場で隣に座った五十歳の友人が「先生が癌になったのは五年ほど前ですね」と言った。

一九五五年、アメリカの統計学者グレイはアンケートの回答の中に奇妙な特徴があることを発見した。

「過去二年間に、開業医に何回かかりましたか？」という質問に対する回答を調べてみると、回答者は頻度を過大評価する傾向があった。

一般に人々は過去の出来事に実際よりも最近の日付をつける傾向がある、ということである。この現象は望遠鏡効果と呼ばれている。[1]

しかしこの効果は老人には当てはまらないらしく、七十歳以上の年長者は出来事を実際の時代よりも古く位置づける。[1]

私が最後に仲人をやったのはS先生の結婚式だった。S先生の年齢から考えると今から十五年ほど前のことだが、私にはずっと昔の三十年も前のことのように思われる。

望遠鏡を反対から覗いているように遠方に見える。

グレイによると、年をとると成人とは違って望遠鏡を逆さに覗いているように出来事が遠方に見えるという。老人は時間間隔を延ばしているのだ。

この事実は年をとるにつれて時間が速く過ぎる理由を説明できるかもしれないともグレイは言っている。

注

（1）D・ドラーイスマ『なぜ年をとると時間が経つのが速くなるのか』（鈴木晶訳）、講談社、二〇〇九年、二八六－二八七ページ

皆逝ってしまった

二〇二二年十月の初めの夕方である。

窓から見える雑木林がかすかに揺れているのが見えるので風があるのだろう。

私は書斎でエッセイを書いて、行き詰まると本を読んで頭を休める。

今読んでいるのは『工学部ヒラノ教授の傘寿でも徘徊老人日記』である。

「工学部ヒラノ教授」のシリーズを愛読している。教授という人種の奇妙な行動が恥ずかしげもなく赤裸々に述べられているので、「あなたも俺と同じだね」と同感できる。

しかしこの一年の間、私はどうしてかわからぬが、ヒラノ教授の本を手にすることはなかった。

久しぶりに彼の新刊が出ていないかと思って調べてみた。

彼は大学を退職後、作家業に専念して毎年二冊ずつの著書を出版していると、どこかで読んでいたからである。

ネットで調べてみると、八十二歳で亡くなっていたことがわかった。

手元にある本が彼の最後の著書であるらしい。

ヒラノ教授の日課を覗いて感情移入してみようと思った私の思惑は外れた。

作家の新しい文章に出会えなくなると思うと、何とも言えぬ喪失感が湧いてくる。

作詞家のなかにし礼も私が親近感を抱いていた人である。

食道癌と闘った戦友であると勝手に思っていた。

彼は末期の食道癌を陽子線治療で完治後、十年以上生きていると聞いていた。

私も末期の食道癌で放射線治療と化学療法で一旦治癒して二年後に再発したが化学療法で治った。

今年の八月の検査でも異常はなく発症からすでに九年経った。

なかにし礼はどうなっているか知りたくなった。

彼の近況をネットで調べてみると、八十二歳で亡くなっていたことがわかった。

死因は心臓疾患であった。

岩見隆夫という人の名前は今でも鮮明に覚えている。

二〇一三年の五月十三日、私は女子大生と食事中に食べた日本そばが喉を通過せず、すべてを吐き出してしまった。

大学病院へ緊急入院すると末期の食道癌であった。

次々に検査を受けたが、そのどれもが悲観的な結果であった。

私は病院の一階にある売店へ行って新聞や週刊誌を買ってきて病室で読んだ。その中に興味ある記事があった。

「サンデー毎日」に載っていた岩見隆夫という人が書いたコラムであった。

肝臓癌の末期で余命数カ月を診断されたとあった。

私と同じ境遇の彼の記事に目が離せなくなった。

その中に「岩見さんはもう年だから癌の進行も遅いですから心配しなくていいですよと、私を慰めてくれる人がいる」という記事があった。

彼はすでに七十八歳であった。

私はその時六十九歳であり、私の癌の進行は彼に比べて早いだろうと思った。

彼の年まで生きるとは到底思えなかった。

彼がうらやましかった。

その後、コラムを数編は読んだと思うが、いつの間にか「サンデー毎日」から消えた。

今、ネットで調べてみると二〇一四年一月十八日に肺炎で亡くなっていたことがわかった。

皆逝ってしまった。

外では雨が降ってきたらしく雑木林にカラスが集まってきた。

お坊さんのいない法事

大学の帰路、国道の信号の手前に菓子屋がある。
畑が続く田舎道の傍らに大きな看板が立っている。
私の故郷のお寺さんの看板に似ている。
いつかその店に寄って饅頭を買ってみたいと思いながら十五年経った。
柔らかくて、ほんのりとした甘みのある有難味のある饅頭を思っていた。
今年の八月の午後、夕立が来そうで来ない暑い日だった。
店の前を通り過ぎようとした時に信号が赤になった。
私はとっさに思い立って菓子屋の駐車場に車を入れた。
店に入ると品の良い和服姿の女性店員と若い女性店員二人が迎えてくれた。
客はおらず手持無沙汰な三人は私を見つめた。

自分で食べるために饅頭を買うのは生まれて初めてであった。

さまざまな饅頭が並んでいるケースを眺めると、私は思い付きで店に入ったことを後悔した。

どの饅頭を見ても「こいつを食べたい!!」という欲望にかられることはなかったのだ。

多種多彩な饅頭を前にして私は途方にくれた。

「高い物はいい物だ」という価値観しか持たない私は陳列してあった中で一番高価な折詰を選んだ。五七〇〇円であった。

和服の女性店員にお願いすると、二人の若い店員に命じて棚の後ろで箱詰めを始めた。私の求めた物は五種類の饅頭を詰めたものであった。

私は陳列してあった箱をそのままもって帰るものと思っていたが、彼女らは改めて五種類の饅頭を別の箱に詰め始めた。

若い店員たちの慣れない作業は時間がかかりそうであった。

外は急に暗くなって雷が鳴ると雨が降ってきたようだった。

私は日ごろから家に贈られてくるお中元の包みを「包装紙や空き箱は余分な物」であると思っていたので、和服の女性店員に「家で使うので包まなくていいから」と言った。

彼女は一瞬困惑した表情をしたが、すぐに「わかりました」と店員に折詰をやめるように告げた。

そして「三〇〇円値引きさせてもらいます」と言った。

私が値下げを要求したと勘違いしたようだった。

私は「包装紙に包まなくてもいい」が、「箱詰めはそのままに」というつもりだったが、面倒くさいのでそのまま頷いた。

若い店員は箱に詰めた饅頭を改めて紙袋に入れ直した。

饅頭の入った三つの紙袋を手渡されて外に出ると、土砂降りの雨になっていた。

濡れて破れそうになった紙袋を運転席の脇に置き、家に帰った。

家に帰り濡れた紙袋から饅頭を出して食べてみたが、何となく有難さが足りなかった。

深みや奥ゆかしさに欠けていた。

饅頭の味には「なんだかわからん有難さ」も含まれているものだと知った。

箱や包装紙も味を形成する要素なのだ。

饅頭の味は「お坊さんのいない法事」のように味気のないものだった。

鍵がない

八月四日：木曜日。次の日に新車が納車される予定であった。

暑い日だった。

私はクリニックで患者を診た。

私の診ている患者の中に物忘れがひどくなっている患者がいた。コロナによって外出しなくなったのが原因であろうと思われた。

「今の総理大臣は誰ですか？」と私が聞いた。

聞いてから「わからないけど、先生教えてください」と言われたらどうしようかと思った。私は、総理大臣の名前を忘れていたのだ。

患者が覚えていて「キシダー」と答えてくれてほっとした。

午後一時に診察を終え、大学の研究室へ行き、扉の鍵を開けようとしてズボンのポケットを探ったが鍵がなかった。

ポケットから鍵を出してドアを開けて部屋に入り、スリッパに履き替えてパソコンを起動するという一連の作業工程が始まる前に遮断されてしまった。

私は日常で使用する鍵を、すべて一つのリングにまとめて持ち歩いているので、今後の私の行動がすべて不可能になってしまう。

家に帰っても我が家に入ることもできない。

一瞬、私の頭は混乱して、これから何をなすべきかわからなくなった。

鍵が何時なくなったかわからないし、どこに忘れてきたのかも、とっさには思い出せなかった。

普段であれば、どうってことはない事件なのだが、その時はうろたえた。

自分がどこにいるのか、自分が何者なのか、思い出せないような気分になりそうであった。

私の身に何か不穏の気配が漂ってきたのではないかと不安になった。

認知症が忍び寄ってきたか？

研究室のドアの前で私はしばらく佇んでいた。

私は気を取り直して、その日の行動から紛失の場所を思い出そうとした。

脳の中のビデオを逆に回していった。

研究室に来る前に、CoCo壱番屋でカツカレーを食べた。患者を診たときに座っていたクリニックの椅子、通勤途中の車の中、そのどれもがいつもの場所で、いつもの行動であり鍵紛失の機会とはなり難かった。どの行為の途中でもズボンの右ポケット深くに位置していたはずの鍵がすり抜ける可能性は低かった。

いつもとは異なった状況は次の日の新車の納車であることに気がついた。

朝、新車購入に備えて今の車のトランクを整理したのを思い出した。

車のトランクを開けるときに家の鍵をドアにさしたままにしてきてしまったに違いない、と思った。

我が家の駐車場は玄関のドアの前に位置している。

私は急いで、車を走らせた。そして家の玄関のドアにささったままの鍵の束を発見

した。
その間に大学の会議があるのをすっかり忘れてしまっていた。
午後二時からクリニックに新規に入るMRIの講習会があったのもすっぽかした。
電話があったらしいが、その電話にも気づかなかった。
私は鍵の紛失という一点に集中してほかのことに注意が向かなかったのだ。
私はどうやら認知症ではなかったようだが、老化は進んでいることがわかった。
同時に進行する作業を並行しておこなえなくなるのが老化の特徴の一つである。

詐欺の電話

二〇二二年四月中旬の夕方。

「先生の最近の本の広告を出しませんか」と中年男性と思われるおだやかな口調の電話があった。

「六月十六日に発刊のFという雑誌に広告を載せないか」という趣旨であった。詳細は忘れたが五万四〇〇〇円出せば広告が載るという。

いつもならそのような勧誘は断って電話を切るのだが、その日はなぜか電話に付き合った。

広告が出たら雑誌を送るので、その時にお金を払えばいいということであった。

私は広告を出すと言った。

六月十五日。

水曜日であったが家にいた。

雨が降っていたが、合間に夏の日差しが強烈に降り注ぐ日だった。

朝、固定電話が鳴った。

「明日（六月十六日）広告が雑誌に載ります」という連絡であった。

それだけの電話で済むはずなのに、その電話の女性は「電話が掛かってきます」と言った。

「誰から?」「Aという会社のOという者から電話がありますので気をつけてください。その電話は嘘の電話です」というではないか。

「どう対応すればいいのか?」と聞くと、「お金を払えといってきますので払わないでください」と言った。

広告会社の代金を横取りしようとする電話が掛かってくるから取り合わないようにしろ、ということであった。

それが朝の九時頃だった。

三十分後に予告通り固定電話が鳴った。

私は電話を無視した。

我が家の電話は比較的短時間（十秒？）で留守番電話に移行するようになっている。

留守番電話に移行して「御用の方は――」と電話が語り掛けると切れた。

これで一件落着、と私は思った。

しかし、それは悪夢のような一日の始まりを告げる電話であった。

二回目の電話は十五分後にかかってきた。留守番電話が応答すると、「ガチャン」と切れた。

次は三十分過ぎても電話が鳴らなかったので、ようやく終わったかと思うと、三十五分後に電話が鳴った。

そのたびに我が家の電話は留守であるから用件を伝えるように繰り返すが、相手は無言で、「ガチャ!!」と音を立てて切った。

その後十五分から三十分間隔で電話が鳴った。

音が次第に大きくなり威嚇的になっていくように感じられた。

でないもーん
RU

いずれ終わるであろうと無視を続けたが、午後になっても止むことはなかった。少なくとも二十回は掛かってきたと思う。

次第に電話が意思を持っているように思えてきて、夕方になるとその執拗さに恐怖を覚えるようになった。

妻が帰宅して電話を拒否設定にするまで続いた。

私を悩ませた悪魔の電話音はようやく断ち切れたかに思えた。

しかし、それで終わりではなかった。

次の日、非通知設定で掛かってきた。

指定の電話番号を拒否設定にしても相手が非通知設定にすれば電話は掛かることを知った。

かかりつけの電気屋に来てもらって、非通知設定でも掛からないようにしてもらった。電気屋のお兄ちゃんが「よくあるんですよ、この頃、こういうことが」と言った。

それからは電話が鳴ることはなくなった。

六月十八日。

そもそもこの一連の事件の始まりは、四月中旬の広告会社からの電話であった。

その会社ぐるみの詐欺の可能性もあった。

しかし広告が掲載された雑誌が送られてきたのでその疑いは消えた。

七月一日。

それから二週間後、ことの発端の広告会社から「違う雑誌に広告を載せないか」という電話があった。

私は「もうこりごりだ」と言って断った。

特別養護老人ホームの偽患者

川の畔に建っている特別養護老人ホームの理事になって二十年になる。
一年に二回理事会があって毎回欠かさずに参加してきた。
今年の理事会は五月の第二土曜日の午後であった。
川の土手を走ると、小雨が車のウインドウに当たって鈴鹿山脈が煙って見えた。
老人ホームの駐車場で車を降りて玄関で靴を脱ぎ廊下を通って会議場へ向かった。
会議は施設の三階でおこなわれる予定であった。
玄関を入って受付を済ませてエレベーターまで二十メートルほどの距離がある。
通路脇に広い部屋があってデイサービスに通っている老人たちがいた。
職員が通路から利用者を見渡せる配置になっている。
長い机の前の椅子に二十名ほどが腰を下ろしていた。

大学の学生たちであれば話し声が騒々しくて「黙れ!!」と、どなりたくなるはずであるが、その部屋は静かで話し声がなかった。

患者たちは全員が頭を垂れて椅子に座っていた。コロナのために人と人との間には無人の椅子が置かれていた。

豪華なソファが目についた。

通路から四メートルほどの位置に置かれており、利用者たちのいる椅子の横にあった。

私が老人ホームに着いたのは理事会の開始の四十五分ほど前であった。

会議室へ入るには早すぎると思ったので、空いていたソファに腰を下ろして患者たちを眺めることにした。

理事長が目の前の通路を通った。周囲を見回しながら悠然と歩いて行った。

私は会議出席のために背広を着ていた。

背広を着た品のいい老人は私一人で、老人施設の患者たちの中では異色性を醸し出しているはずであり、私に気がつくはずだと思っていた。

ココにいますけど…

しかし部屋全体を見回した理事長の視線は私を横切ったが「イグチ先生」だと気がつかなかった。

以前から知っている男性の職員が食器の後片づけをしながらおやつを配っていた。私の座っている傍に近寄ってきて長い机を拭いた。

私は挨拶のタイミングを計っていたが彼の流れ作業に節目はなく、挨拶の機会はないまま私の傍から離れていった。彼は私の存在に気づかなかったのだ。

会議に参加する予定の顔馴染みの理事が通過した。

周辺を見ながら歩いていたので私も視界に入っていたはずであるが、「あ!! イグチ先生」とは言わなかった。

十分間、腰かけていたが、私に気づく理事も職員もいなかった。

大学の構内であればきっと私に気がつくはずだ。

そう思って、思い当たった。

私は老人施設の患者風景に溶け込んでいて何の違和感もなかったのだ。

私は老人施設の患者に相応しい老人であったのだ。

シャボン玉の歌

―人の名前は泡のごとく―

最近昔の嫌な記憶を思い出すことが多くなった。気分が優れないときは思い出したくないことばかり頭に浮かんでくる。それなのに、この頃は人の名前が思い出せないことが増えてきた。

若い頃から固有名詞を覚えるのが苦手ではあったが、気に留めることはなかった。しかし最近気に掛かるようになった。何気なく思い出そうとした人の名前がすぐに出てこない。緊急の用事があるわけではないので、思い出せなくても問題はないのだが、心配になる。携帯電話の名簿を眺めて確かめることもある。

昨日思い出したときは二度と忘れることはないだろうと思ったのに、今日になったらまた忘れている。何かにメモしておけばよかったが、そんな必要もないほどに日常生活に溶け込んでいる名前だと、そのときは思った。

えーっと、なんだったっけ？

名簿を確認すれば簡単にわかるが「そこまでしなければ思い出せなくなってしまったのか？」と、私は認知症が心配になった。

「あの受付の、やさしい、美人の――」と、関連事象を並べてみたが、固有名詞にはたどり着かない。

人の名前をあいうえお順に思い出してみよう。そうすればそのうちに出てくるだろう。ア、イ、ウ、エ、オ、と名前の頭文字から思い出す努力をしてみた。えーっと、ア行から順にヤ、ユ、ヨ、の「ヨ」までいって思い出した。

そうだ「ヨシムラ」さんだった。

この前もそうやってア行から始まってヤ行にたどり着くまでが長かったことを思い出した。「今度こそは忘れることはないだろう」と、この前もそう思ったことを覚えている。

人の名前はシャボン玉のように消える。つやつやと光を浴びて浮かんでいたのにいつの間にか消えてしまう。消えてしまうと戻ってこない。子供がシャボン玉を追いか

けているようなものだ。

私は「シャボン玉」の歌を思い出した。

シャボン玉 消えた飛ばずに 消えた

産まれて すぐにこわれて 消えた

III　知らない貯金

知らない貯金

私の財布には三文判が入れてある。大学を卒業して初めて買った印鑑をそのまま持ち続けている。郵便局の貯金通帳のために買い求めたものである。囲みの部分が欠けているので印鑑を押してもまん丸にならない。「井口」の文字も欠けている。

若い頃は一つだけしか持っていなかったので、何でもかんでもその印鑑で済ませていた。銀行の印鑑も、同じものを使っていた。長い間一つ持っていれば問題のない時代が続いた。

貧相な印鑑のワリには通帳の中身は年代に応じて増えてきた。預金する銀行も増えてきた。郵便局の通帳もなぜか増えたが、その度に印鑑を用意した。どれも三文判であった。そして人生の中盤に差し掛かるころからどういういきさつでそうなったのか覚えていないが、私の身の回りには十種類以上の三文判が散在するようになった。三

△BANK
□BANK
□△BANK

文判はどれも似たようなもので私には見分けがつかない。

銀行で預金を下ろそうとすると、銀行員に「印鑑が違います」と言われたものだ。引き出しの奥から探し当てたそれらしき印鑑を再度持っていくと、銀行員は眺めまわして「これは違います」と言った。「丸い部分の欠け具合の違いであって中身は同じです」と私は主張したのだが、「いいえ、中身が違います」とプロの目はごまかせなかった。

最近では現金の引き出しも各種支払いもコンビニで済ますので、銀行や郵便局へ出掛けることはなくなった。新聞によると、引き取り手のない郵便局の貯金が数百億円もあるそうだ。そして古い貯金は払い戻せなくなるかもしれないという。私の知らぬ財産が眠っている可能性がある。

古い印鑑でしか証明されない私の忘れていた莫大な貯金がなくなってしまうのではないかと心配になった。私は数種類の印鑑をもって郵便局へ出掛けて、「私の知らない貯金」を調べてもらおうと思った。

しかし「そうした貯金は一切ない」と言われそうで躊躇しているところである。

ポケット

ズボンの後ろの左側のポケットに財布をいれて持ち歩くのが、長年の習慣である。財布には免許証、個人ナンバーカード、診察券や銀行のキャッシュカード、それに最近ではカード型の車のキーが入っている。発作性頻脈用の薬も入れてある。

左の尻に触って私の財産の存在を確かめる癖がついている。

右側のズボンのポケットには七つの鍵を一つのリングに繋げて入れてある。家の玄関や研究室のドアや机の引き出しの鍵などである。そのうちの一つは何だかわからん鍵だ。

何だかわからん鍵は捨ててもよさそうなものだが、何だかわからんので捨てるに捨てられずに持っている。

重装備のロボットの足のように重いので、小便をするときにバンドを緩めるとズボンが足元まで滑り落ちてしまうことがある。

ガラケーはシャツの胸のポケットに入れていた。

左の胸に触っては、存在を確かめていた。

だから私のシャツには左の胸のポケットが必須であった。最近のポロシャツには胸のポケットがない。老人のマーケット調査がこの国ではなおざりされている証拠である。

近い将来ガラケーの終焉の時代が到来すると脅かされて、スマホに変えた。

スマホは大きすぎて胸ポケットに入らないので止むを得ずカバンに入れて持ち運ぶことになったので、電話は私の肉体とは離れて存在する。

いつでもカバンが傍にあるわけではないので、電話がかかってきても即座に出られない。そのことを心配していたが、心配は無用であった。

思わぬところから電話が掛かってくることがないのが老人のようだ。

その代わり詐欺の電話はよくかかってくるが、それは固定電話であって携帯電話にかかってくることはない。

左の胸に手を当てても、いつでもそこにあった愛しのガラケーがない。
遠い日の思い出にたどり着けないような寂しい気分になる。

空前絶後の食欲不振

数十年前までは一度癌になった者は他の癌にはかかりにくいと思われていた。

しかし、癌にかかりやすい体質を持つ者は何回でも繰り返し罹患するというのが現在の見解である。

食道癌発症から十年経過した。半年に一度CTをとり、一年に一度胃カメラで経過を観察してきた。

食道癌発症から六年後の胃カメラの検査で胃に前癌状態が発見された。放置しておくと癌になる可能性があったので、内視鏡による手術を大学病院へ入院して受けた。

手術後二日間点滴のみで絶食であった。

食欲はあるのに何も食べさせてもらえなかった。

点滴があるので水を飲むことも許されなかった。室内のトイレ以外への歩行も禁止であった。

内視鏡による手術は体表面にメスを入れないので痛みはなかった。

無症状の人間が二日間のベッド上の生活を強いられたのである。

強制的な寝たきり状態であった。

通常の患者であれば、病室には早朝にお茶が配られて、その後に朝食がきて下膳し、またお茶がきて昼食、下膳、夕食、下膳というのが日課である。

入院患者にとって食事は大事な行事である。

食事がないと一日にはアクセントがなかった。

何も食べずに生活していたので、一日に三時間の余裕が生まれることになった。

しかし二日間の絶食は私にとってそれほど苦痛ではなかった。本を読んだりテレビを見たりして過ごした。

それに反して食欲がないのに食べなければならない経験は苦痛であった。

十年前の末期の食道癌になった時に放射線と化学療法による治療を受けたのだが、その時に私を襲った食欲不振の体験は強烈であった。

食べたくないものを食べさせられるという経験は平時における食欲不振とはまったく性質が異なっていた。

食物というものはそこに存在するときから、ある種の親近感を醸し出しているが、まったく親近感が湧かないのである。

部屋に置いてある調度品と同レベルのものに見えていた。

食物でないものを食べさせられるという感覚であった。

テレビに出てくる食事を見ても嫌悪感が走った。

不本意に口に入れて、無理して咀嚼して、それから飲み込む作業が難渋を極めるのである。

経験した者にしかわからないということは数々あるが、この化学療法時の拒食感は経験者でなければまったくわからないだろう。

食事に費やす時間がとてつもなく長く、食事と食事の間が短かった。

ようやく苦難の食事が終わったかと思うと、すぐに次の食事の時間が巡ってくる。

2日間点滴のみです
歩行禁止(室内トイレ以外)

私たちが無意識のうちに遂行している食事という作業は、いったん何らかの障害を受けると途端に困難になる。

時間がたてば空腹を感じ、食事をすれば満腹になる。

その平凡な繰り返しは私たちの脳の高度な仕組みにより緻密に組み立てられているのである。

タンポポ

テレビでウクライナ戦争のニュースをやっていた。少年が田舎の幹線道路と思われる道路を泣きながら歩いていた。

私の小学生の頃を思い出した。

昭和二十年代の中頃で、第二次世界大戦が終わって数年は経っていた頃であった。

戦争の記憶は天竜川沿いの田舎の住民に根強く残っていた。

夜間に飛行機の音がすると天井からつるされていた裸電球を消した。

どんな飛行機でもB29と呼ばれた恐ろしい爆撃機に思えたのだ。

信州の山奥に爆撃の標的などなかったが、天竜川下流の軍需工場があった浜松へ向かう爆撃機が戦時中には飛んでいたのだった。

住民に植え付けられた恐怖は、戦争が終わっても消えることはなかった。

私の通った伊那北小学校は東に南アルプスが西に中央アルプスが見えるところにあった。

小学校の傍らには天竜川の支流が流れていた。

隣に田んぼがあって冬にはスケート場になった。

その頃の田舎には保育園がなかったので子供たちの集団教育は小学校一年生から始まった。

学校に馴染めない子供が授業中に家に帰ってしまうことは珍しいことではなかった。

六月半ばの頃だったような気がする。私は担任の先生に呼び出されて集会場へ行くように言われた。

集会場は学校から遠く離れた所にあって、町中から集められた子供たちにお菓子が出されて紙芝居を見せていた。

私の小学校から出席する者は二人だけであった。

毎年授業の途中で呼び出されて集会場へ行った。

私はその行事に連れて行かれる理由を知らなかった。

先生も私の親もそれが何の儀式であったのか私に知らせることはなかった。

私の周囲に何か謎めいたものがあることは子供心に気づいていた。そして私はひどく神経質な子供になっていた。

その行事が町の戦災孤児たちを慰めるための慰問の会であったことを知ったのは、私が大人になってからであった。

私の父は、私が生まれてすぐに戦争で死んでいた。

私はそのことを知らされず、父の弟を父として育てられていたのだった。

周囲の善意の計らいは幼少期の私を混乱させ、成長期に影を落とし、大人になるまで影響を与え続けた。

今も、ウクライナでは戦争で親を亡くした子供がうまれている。

戦災孤児に同情が集まるのは終戦後のしばらくの間だけで、月日が経つと同情は差別に変わっていくような気がする。

私が思い出すのは、小学校の傍らの小川に咲いていたタンポポである。

あなたは認知症ではない!!

七十三歳のSさんは優秀な技術者であった。六十五歳で会社を退職した後も財団の顧問として毎週東京の会議に出席していた。二歳下の妻と二人の生活を続けている。気が向けば囲碁の集まりに出掛けたし、私の出演した生涯教育講座に聴講に来た時もあった。

そんな活動的な生活が二年前から変わった。新型コロナの蔓延によって外出する機会がなくなってしまったからである。

子供が家を出てから二人だけの生活が続いていたが、今回ほど二人が密接に暮らしたことはなかった。

妻は夫と四六時中一緒に暮らしてみると、彼女が知っていた今までの夫とは別人のようにみえた。

朝から晩まで妻の顔色をうかがっている。

こそこそと妻の前から逃げだそうと考えているくせに外へ出て行くことはない。物忘れがひどくなった。ことに人の名前を思い出せない。総理大臣の名前も忘れていることが多い。

今日が何月何日だったかも知らない時がある。

そんな夫を見ていて、妻は「この人は認知症に違いない」と思うようになった。

そして私の外来へ連れてきた。

以下は妻の陳述から私が想像した彼の日頃の生活である。

朝早くから目覚めて、家の中をごそごそと動き回る。

「これは認知症の症状の一つではないか？」と妻は言ったが、早朝覚醒は睡眠と覚醒のリズムがずれることによって生じる老化現象で、誰にでも生じうる現象である。認知症によるものではない。

早朝に目が覚めて妻が作る朝食を何もせずに待っている。

朝食の次の楽しみは昼食である。コロナの前は昼食の弁当をコンビニへ買いに行くことがたまにはあったが、この頃ではそれもしない。インスタントラーメンにお湯を注ぐことすらしない。

親鳥の餌を待っているひなのようである。

昼食が終わると夕食までうつらうつらとテレビを見て過ごす。

食べた後の後片づけをやったことはない。

炊飯器でお米を炊くこともできないし、掃除などやったことはない。洗濯は素人が新幹線の運転をしないのと同じ程度の隔絶感である。

金縛りにあったように家事に手を出さないのである。

朝から晩まで小言を言っている妻とまともな会話をしなくなった。

たまに夫が発言しようとすると何倍にもなって言い返されるので、面倒になってしまったのだった。

妻が些細なことを執拗に問い詰めると、突然大声を出して怒鳴り返すことが月に一度程度あった。

妻はあきれてしまったが「認知症ならしょうがないか」と思い、それ以上は追求しないことにしていた。

妻は嫌がる夫を連れて私の外来に来たのである。

しかし認知症テストの一つであるMMSEをすると二十八点（満点は三十点）で、認知症ではなかった。

以下は私の感想である。

家事以外にすることがない老人夫婦にとって家事をやらない夫は肩身が狭い。

妻から認知症というレッテルを貼られたまま生活している人も出てくる。

そういう人にとっての解決策は簡単だ。夫が家事をやればいい。

掃除、洗濯、料理をすればいい。

世界中で女性が男性より長生きなのは女性が家事をするからだと、私は思っている。

日本の老人男性諸君、家事をしよう!!

そうすれば怯えて老後を過ごすことはない。

家事をしない人間は長生きができないのである。

カムカムエブリバディ

令和四年一月初旬、水曜日。外は朝から吹雪であった。

ウイークデイであったが一日中、家で過ごした。ＮＨＫの朝の連続テレビ小説「カムカムエブリバディ」でトランペットのサッチモが話題になっていた。私たちの学生時代に流行った懐かしい名前だった。

私は朝から詩集を探していた。学生時代にＮ君と二人で作った詩集である。

五十数年前、大学の教養部を終えて医学部へ進学したときに、下宿を探して大学近辺の町を探し歩いた。たどり着いたのが雑貨屋の二階であった。昭和四十年代の初めで、私たちは大学三年生であった。

Ｎ君と二人で四畳半の下宿に住み着いた。

学生運動が世界中に吹き荒れていた時代だった。

学園紛争で荒れていた大学は休校が続き、私たちは暇を持てあましていた。

何かに餓えていて何かに不満であった。

内側から湧いてくる不愉快な気分を持てあましていた。

二人で詩集を作った。私が詩を書いて彼がクレヨンで絵を描いた。

私は詩を書いているときだけ我が身の情緒不安から逃れることができていた。

二人の下宿生活が一年経った頃、N君が消息不明になった。

大学で会わないのは不思議ではなかったが、彼が下宿へ帰って来ないのは異常であった。

数週間の消息不明後に帰宅すると、すぐに下宿を変わっていった。

爾来、彼と付き合うことはなかった。

学生運動をしていたと噂に聞いた。

二人の詩集は私の手元にあったが、大学を卒業してからは開いてみたことはなかった。

それから五十年が経ち、令和四年の正月を迎えた。

私は大学の同窓会の連絡役を務めている。

同窓生の死の情報が私のところへ入り、葬儀の日付、場所を連絡網を通じて会員に伝えるのが役割である。

今年の正月明けに同窓生の一人からS君死亡の連絡が入った。

私は連絡網に従って電話をした。

コロナによる音信不通が二年に及ぶと、身近に住む友人のこともわからぬようになっていた。

連絡網がところどころ破れてしまってきたために、N君への連絡は私が直接することになった。

彼に電話をするのは卒業後初めてであった。

私は彼と話ができると思うと久しぶりに興奮した。

しかし電話に出たのは奥さんであった。

「主人は一カ月前に亡くなっています」ということだった。葬儀は済んだという。

海岸の町で医者を続けているとばかりに思っていたN君が死んでいた。

詩集を探していたのはN君の死を知った日の翌日の朝のことだった。

書棚の奥から詩集がでてきたのは夕方だった。

埃にまみれた表紙を開けてみると、私の詩は独りよがりで、幼稚で読むに耐えるようなものではなかった。

N君の抽象画は丁寧にクレヨンで描かれており優しくて美しかった。

書斎の窓から外を眺めると朝からの吹雪は止んで雑木林の向こうに夕焼けが見えた。

繰り返し

昨年の暮れに我が人生を振り返り感慨に浸ってみようと思った。机の引き出しから五十年前からの手帳を出して覗いてみた。眺めているうちにこみ上げるだろうと思っていた感慨は、五十冊に及ぶ手帳からは湧いてこなかった。

「もう一度同じ人生をやり直すか?」と問われたら、「もう、うんざりだ」と答えるだろう。

数年前までは、年末になると製薬会社のMR(Medical Representatives：医療情報担当者のこと)が次年度用の手帳を持ってきたものだった。

一年間の予定を新年度用の手帳に書き込むのが、年末から一月の中旬までの私の仕事であった。

外来、ネーベン（大学病院に勤める医者のアルバイトのことをネーベンと呼んでいる）、会議、学会の予定などを書き入れるのだ。

毎週の決まっている定期的な予定を一年にわたって書き込むのは時間のかかる退屈な作業であった。

会議中に司会者に悟られぬように手元の手帳への書き込みをするのが年中行事になっていた。

何時の頃からかMRが手帳をもってくることはなくなった。

スマホの普及により手書きの手帳を利用する医者が少なくなったからである。

外来患者の多くもスマホで予約を管理している。

診察室に居座ったままスマホの画面に入力する患者もいる。

一年ほど前までは外来に居座って予約の日時を入力する患者に私はいらいらしていたが、最近では多くの患者が三十秒もかからずに入力を済ませてしまう。

私は相変わらずスマホは苦手で、患者が指先でスイスイとやっているのを眺めている。

六十歳代の男性に「よくそんなことができるね」と私がお世辞を交えて感心したふりをすると「先生のスマホは何ですか?」と訊かれたので「ソフトバンクじゃない!?」と言うと、「機種は?」ときかれて「ドコモ」と答えると「会話が成立しない」とあきれられて、それ以上話が進まなかった。

私には今もってなぜ会話が進まなくなったのか理解できていない。

私は二〇一七年からパソコンでも日程の管理をするようになっている。スマホは苦手だがパソコンはできるのである。

昨年の七月頃までは「なんとなく心配で」手帳にも書いて、パソコンにも入力していたが、今年からは手帳は使わなくなった。

パソコンには「繰り返し」という便利な機能がある。

飽き飽きするほどに手帳に書き込んでいた日程はパソコンでは「繰り返し」を選択することにより一瞬のうちに何年先でも書き込まれてしまう。

手書きの手帳に書き込む時は「その日暮らし」のようにみえていた私の日常は「繰り返し」の連続であったのだ。

「繰り返し」以外のイベントは思いのほか少ない。

あれほど時間をかけて作っていた年間の予定表が簡単に完成してしまった。

そのうちに繰り返す項目も次第に少なくなっていき、やがて私の予定表は要らなくなるのだろうか。

分け入っても分け入っても青い山

名古屋市内には飯田街道という道路がある。飯田は私の故郷である伊那の隣町である。名古屋に暮らし始めた頃には、飯田の名前がついた道路に言い知れぬ親しみを覚えたものだった。苦しいときには、この道を辿れば、いつでも故郷へ帰ることができると思って生きていた。

南信州には伊那谷と木曽谷があるが、どちらも山の中である。帰郷するときは比較的整備されていた木曽谷の国道を利用して、伊那谷を帰ることはなかった。いつかは伊那谷を貫く飯田街道を使って帰ってみたいと思い思いしながら生きてきた。

私には飯田の山奥に懐かしい思い出がある。五十年以上も前、私の叔父は飯田の山の中の小学校の先生をしていた。私はそこを訪ねて数日間滞在したことがある。

飯田線の電車を降りてバスに乗って山へ入った。山の中腹で二つ目のバスに乗り換えて二時間はかかってたどり着いた山奥であった。叔父さんは大学を出たばかりの新米の教師で、女性の教師と二人で村の分校を切り盛りしていた。

谷間の水に手を入れるとひどく冷たかったことを覚えている。

今年(二〇二二年)の五月の連休に久しぶりに帰郷した。私の実家は空き家になっており今は誰も住んでいない。

数年前から国道が整備され飯田街道が新線として生まれ変わったという噂を聞いていたので帰路は飯田街道を使った。念願の秘境をドライブしようと思ったのだった。

しかし秘境は様変わりしていた。深い森の中を端正に整備された道路が貫いていた。山の中腹にはトンネルが何本も掘られており、峠を越える苦労は省けるようになっていた。叔父さんが教師をしていた村の辺りを十数分で通過した。道路はたった半世紀の間にとてつもなく進化した。

しかし山頭火のいう「分け入っても分け入っても青い山」であった私の故郷は、次第に遠くなっていくように思えた。

Ⅳ　別名で保存

別名で保存

パソコンを使い始めた頃は文章を書くたびに「上書き保存」をしていた。文章は書き直せば必ずよくなると思っていたからである。

あるとき、書き直して悪くなることもあるのではないかと思った。それ以来「別名で保存」するようにしている。

先日、テレビのコメンテーターが、ある事件の報道で「これは別名で保存して記憶しておかなければいけませんね。上書き保存すると忘れてしまいそうですから」と言っていた。

正しそうに思えるこの発言は間違っている。

人の記憶は上書きしても消えないし、別名で保存しても残らない。私たちは脳の中にビデオのような記憶装置をもっているのではない。

別名で
...

人間の記憶は不思議である。どの程度記憶として残るのか？　どのように残るのか？　その日により時間によりなぜ思い出す記憶が異なるのか？　私たちには謎である。

心理学者のドラーイスマは著書『なぜ年をとると時間の経つのが速くなるのか』の中で次のように述べている。

「記憶は思い出すことと忘れることを同時にやってのける。それはまるで性格の悪い秘書にあなたの生活記録を付けさせるようなものだ。その秘書はあなたが忘れたいと思っていることは事細かく記録しているくせに、あなたの人生が絶好調のときはせっせと記録しているふりをして、実際にはまだペンのキャップすら外していない。思い出すたびに心が痛むような出来事は必ず消せないインクで記録されている。屈辱的な出来事は警察の調書のように、事細やかにはっきりと記録されている。憂鬱な時や別な嫌なことが起こった時に限って昔の嫌な記憶が蘇ってくる。相互参照という冷酷なネットワークによって不快な記憶は他の不快な記憶と繋がっている。不愉快な時は不愉快な記憶が蘇る」

私たちの記憶が上書きされればどんなによいことだろう。
そして「絶好調のときだけを別名で保存する」ことができればもっとよい。

日曜日でもないのに

四月のある日の水曜日。クリニックの外来がなく毎月の会議もなかった。朝から家にいた。国民が働いているウィークデイに家にいる。何となく後ろめたかった。

今までは、暇な時間はやり残してあった宿題や、新たな知識を得るために勉強をしなければならないと思って生きてきた。

その日はそういう気分にならなかった。庭に出てみた。

午前十一時、日の当たる場所の椅子に座ると春の日差しが暖かい。ナンテンの木の葉が揺らいでいるのでかすかな風はあるのだろう。昨年の秋に植えたチューリップが咲いている。ばらまくように球根を埋めておいたアネモネが茎を伸ばして花をつけている。名前を忘れていた球根が花を咲かせた。花を見るとフリージアという名前を思い出した。

花は真面目で嘘をつかないし、手抜きもしない。

耳元を、蜂が音を出して通り過ぎていく。

「ウィークデイの昼間に庭に出て花を見ながらひなたぼっこなどしていていいのか」、「せめて論文を読むとか、本を読むなどして頭を使った方がいいのではないか。ただ、ぼーっとしているのは時間の無駄だ」

そう思わなくもなかった。

起きているでもなく、寝ているでもなく、考えているようで何も考えなくて、しかも退屈ではない。人恋しいわけではなく、誰か私に手紙を書いてーという気分でもない。一人でいても寂しくもない。椅子に腰掛けて無駄な時間が経った。

若かった頃、といっても五十を過ぎた頃、学生のときから尊敬していた精神科の名誉教授に聞いたことを思い出した。先生の年齢は八十歳を過ぎていたように思う。私が「年齢をとっていいことって何ですか？」と尋ねると、先生は「ぼーっとできることですよ」と教えてくれた。

差出人不明の住所変更のお知らせ

「住所が変わったので新住所をお知らせします。今後ご用の節はこちらへどうぞ」という葉書が届いた。新住所が書いてあるだけで旧住所も名前も書いてなかった。電話番号は書いてないし、郵便番号は新住所のものである。パソコン印刷なので筆跡の特徴はない。定型文になっているので個人の特徴をうかがい知る手掛かりはない。

住所が変わった人が存在する、それは確かなようだ。しかしそれは誰だ？

「お手数ながらお手持ちの住所録のご変更をお願い頂ければ幸いです」と書いてあるので、私から手紙を出したことがある人なのだろう。

誰の住所をこの新しい住所に変えればいいのか？　間違った人の住所を変更すると住所不明で郵便局から返信される郵便が二人になる。どなたかは存ぜぬがその人は自

だれ?

分の名前を載せ忘れたことを気づいていないに違いない。

この不注意を正す方法は一つだけある。この手紙の差し出し人が、私が今年年賀状を出した人の誰かであって、来年の年賀状がその人から来れば判明する可能性がある。

しかしこの住所変更の葉書が私の出した年賀状への返礼のつもりであった場合は、将来にわたって誰だか不明になる。

困ったことにこの人は私に新住所を知らせたと思っていることだろう。そしてその人は私から何の連絡がないことを私が原因であると思うに違いない。今後私からは連絡がいかないのは私に責任があると思って一生過ごすことだろう。私の知らぬところで私はあらぬ誤解を受けることになる。

伝えたと思っていたのに伝わっていなかった。それは自分に原因があるのに相手のせいだと思い込んでいる。そしてそこから生まれた誤解を永遠に解くことができぬ。

私は不安になった。私も長い人生で自分では気づいていない数々の過ちを犯してきたに違いない。

この手紙のように自分では気づかずに誰かを当惑させていたかもしれない。

加齢に伴う変化には四つの条件を満たしていなければならない

―進行性、普遍性、内因性、有害性―

年賀状を準備するのが年々早くなった。今年は十二月六日にはすべてが整って投函するだけになった。

宛名をプリントアウトし終えてから輪ゴムで留めてポストへ投函しようと思って、気がついた。

「早過ぎはしないか？」

念のためにネットで調べてみると年賀状の引き受け可能な時期は十二月十五日からだった。それ以前に出されたものは通常の郵便物と同じ扱いとなり投函してから二～三日程度で相手に届いてしまうことがわかった。

若い頃は年末ぎりぎりまで年賀状は書かなかった。元旦に配達される最終日は十二月二十五日までだとはわかっていたが、三十日までに投函すればなんとか元旦には届くだろうと大晦日ぎりぎりまで年賀状には手を付けなかった。

年賀状を書くのを先延ばしする癖がついていた。

それが加齢とともに早まってきた。

年賀状に限らずあらゆることに早く手を回すようになってきた。

何事によらず準備するのが早くなるのは加齢とともに進行するような気がする。

義理の母親は旅行に行く数カ月前から準備にとりかかり準備したことを忘れてしまうことがよくあった。

私の同僚は講演会の講師に招かれると何回でも下見をするようになったそうである。

私だけに特有な現象ではなくて加齢とともに生じる普遍的な現象ではないか。

「早くから準備をするのは加齢現象なのだろうか?」

私はStrehlerによる加齢に伴う変化の条件を思い出した。

Strehlerは加齢に伴う変化には基本的に次の四つの条件を満たしていなければならないと提案しているが、その条件に照らし合わせてみた。

一つ目の条件は進行性である。「徐々に起こるものでなければならない」としている。

年賀状を書くのは徐々に早くなったので、この項目は当てはまる。

二つ目の条件は普遍性である。「一つの種の総てのメンバーが年齢が進むにつれて徐々におこる欠損を示さなければならない」としている。

少なくとも私の身の回りのすべてのメンバーに当てはまりそうである。

三つ目の条件は内因性である。「変化させうる環境要因の結果であってはならない」としているがこの項目は悩ましい。

私が年賀状を早くから準備するようになったのは、日常的に果たさなければならない仕事が少なくなってきた頃からである。環境要因の変化が関係していると思われるので内因性ではなさそうである。

四つ目の条件は有害性である。「心身に有害なものでなければならない。すなわち機能を衰退させるものでなければならない」としている。

年賀状を早く仕上げると、私の心身は爽快になり、機能にとっては有益であるのでこの項目はまったく当てはまらない。

結論として四つの条件のうち「進行性」と「普遍性」だけはかろうじて該当しそうだが「内因性」と「有害性」は当てはまらない。だから老化に伴う変化ではなさそうであった。

そして、私の得た結論は「年賀状を書くのが年々早くなるのは他にやることがなくなるからである」であった。

誤診—意識が同時に供給できるのは一つの思考と一つの記憶だけである—

女子学生が「二日前に急に脈拍が早くなって気が遠くなりそうだった」と言って私の外来を受診した。

半年で体重が五キロも減ったという。

「汗をかきやすくないか?」と訊くと「そうなんです、ものすごく汗が出ます」と言い、「疲れやすくないか?」と訊くと「そのとおりです」と答えた。

触診すると甲状腺腫があった。

私は「甲状腺機能亢進症が疑われる」と言って「三日後には検査の結果が出るから受診しなさい」と伝えた。

次の日に結果が出たが、私の予測に反して甲状腺機能は正常であった。

私の診断は間違っていたのであった。

私は彼女のことが心配になった。きっとネットで「甲状腺機能亢進症」を調べているに違いないと思ったからだ。

そこに書かれている有害事象に恐れおののいている可能性があった。

静岡県の出身で一人暮らしであると言っていたから両親にも告げているであろうと思った。

だから私の誤診を早く伝えて安心させてやらなければならないと焦った。

カルテに記載されてあった携帯の番号に電話をかけたが電話に出なかった。

時間をおいて何回もかけ直してみたが、出ることはなかった。

そして三日後の予定の来院日にもこなかった。

万が一に自殺でも——。

それから私の心はそのことに占められてしまった。

私の脳の底には深海に溜まっているがれきのようにさまざまな悩みが溜まっているはずであったが、意識にのぼるのは「そのこと」だけであった。

私は今まで人間は同時に複数の意識を共有できると漠然と思っていた。

早く伝えたいよ!
どこですか?
誤診だったよ
来院まってるよ!

しかし思い出すのは、いつも彼女のことばかりであった。

十九世紀のドイツの哲学者グスタフ・テオドール・フェヒナーは、「普通の生活では意識が同時に供給できるのは一つの思考と一つの記憶だけである」と書いている。そして「心の中にあるものすべてに同時にアクセスすることはできない。何かを思い出したいなら光の弱いランタンを掲げて記憶を探らねばならない。そのランタンは細い光しか放たず、それ以外の部分は暗闇のままだ」と述べている。

人は複数の記憶を同時に思い出すことはなく、思い出すのは一つだけだというのだ。

至極当たり前のことを今まで意識することなく生きてきたのが不思議であった。

記憶に関する脳は混ぜて思い出すという機能は持っていないのだ。ご飯に味噌汁をかけると単独の時とは別の味になるのだが記憶はそのようには混じらない。

不倫をしている男が二人の女に責められたときの言い訳に、「君といる時は君のことだけを考えている」と言うそうである。

私には経験がないのでわからないが、意識は愛人と女房をごちゃ混ぜにはできないのだ。

二週間後に女子学生が同僚の医者の外来に現れた。

「問題なかった」と告げられた彼女は「あーそうですか」と何事もなかったように受け止めたそうだ。

彼女は私が思ったほどには心配していなかったのだった。

最近の女子学生は他人からの携帯電話には出ないらしい。

川の流れのように時は過ぎていく

私の行きつけの理髪店は天白川から一〇〇メートル離れたところにある。集合住宅があり、私たちはそこに住んでいた。子供たちを育てた頃は子供を叱る母親の声であふれていた。二十五年も前のことである。

川の流れは穏やかで春には土手にタンポポが花をつけて、川沿いには桜が咲いた。月に一度、子供を連れて理髪店へ通った。

理髪店にはいつでも先客がいて何時間でも週刊誌を眺めて待った。家庭には持ち込めない少しエッチな週刊誌があった。

理髪店には二人の子供と犬と女房がいて、家族全員が仕事場で過ごしていた。女房は顔そり専門であった。

女房がいつも子供を叱っていたので、客は家庭にお邪魔しているような気分になったものだった。

月日が経って、子供たちはいなくなり、犬もいなくなった。

理髪店周辺にあった美容院もうどん店もクリーニング店もなくなった。

私も天白川沿いの住宅を去り、郊外へ引っ越した。

引っ越し先で理髪店を探したがどこの理髪店も馴染むことはできず、結局川沿いの理髪店へ戻ることになって、毎月通っている。

最近では理髪店にいるのは亭主ひとりだけであり、ふくよかな女房は顔を見せなくなった。

予約することにしているのだが、度々トラブルが生じる。

亭主はカレンダーの日付の隙間に小さい文字で「井口先生」と書き付けておくだけだ。私の方でもこの頃の日程はパソコンで管理している。スマホが上手く使えないので、家に帰ってから書き込むことになる。

だから時折忘れるのだ。

双方のずさんな日程管理が相まって予約管理が機能しない。

予約した時間に先客がいたり、予約した日に亭主がスーパーへ買い物に出かけてしまったりする。

私は理髪店へ着くと入り口に車を停めて車の中で待っていることにしている。待合の椅子は固くて粗末だからである。入り口からは理髪店の中が見える。

先週の木曜日の午後のことだった。

その日は椅子に腰掛けて待ちながら眠っている客が一人いた。またダブルブッキングだ。

散髪中の客はいなかった。

亭主はどこかへ出かけているようで、気配がなかった。

私の散髪は予定よりかなり遅くなりそうだった。

私は車の中で眠ってしまった。

目覚めると店内から私をうかがっている人がいた。

それは理髪店の亭主であった。

客の席で眠って待っているように見えた人は亭主だったのだ。

パーマ

朦朧とした私の目の前に映る男は私の脳裏に残るかつての理髪店の亭主ではなかった。別人のように思えた。

かつては任侠映画の主役のような男だった。

それが暇があれば眠り込み、太り、メリハリのない男に変わってしまった。

私は痛む膝を抱え込むようにして店内に入った。

鏡に映った私の姿は後期高齢者であり理髪店の亭主はまがいもない前期高齢者だ。

二人はこの頃無駄話もしない。無口になった。

黙って散髪を終えて外に出ると、天白川の川の流れは昔と変わらず穏やかだった。

人の価値を年齢によって位置づける悪い癖

自動車の運転免許更新のための後期高齢者講習の試験を受けた。

試験官は中年の女性二人で、座学と実車試験で構成されていた。

夜間視力の測定があったが、私は〇・五秒であった。試験官が「凄いじゃん！」と言った。私の目が暗闇で少しだけよく見えただけで「凄いじゃん！」と褒めたのだ。

「お前に褒められるいわれはない」と言いたかったが、老人のひがみと思われるとまずいので「本当？」と聞き返すと「本当だよ！　これなら夜遊びもできるよ！」と付け加えた。

「どうせおじいちゃん、夜遊びなんかできないでしょ。しようとも思っていなかったでしょ」だから「凄いじゃん！　嬉しいでしょ！」と試験官は言ったのだ。

私は違和感をおぼえた。

老人は「夜遊びができるよと言われると誰でも喜ぶに違いない」と思ったようだ。その浅はかな思い込みに私は腹が立った。

彼女には老人という平均のイメージがあるのだろう。

私は老人という階層で扱われるのを拒否するのではない。

個人の尊厳を無視されるのがたまらないのである。

そこに集まった人たちは皆そう思って参加していたに違いなかった。それぞれの経歴を持って集まった善男善女である。しかし集団になると老人としてひとくくりに扱われる。

受験生の身であるので黙って耐えるしかなかった。

座学を終えて実車試験を受けた。

試験官が横に座って試験場を運転した。

速度はゆっくりと、停止線の手前では前をみて停まり、ウインカーを早めに出した。

私は無難に運転をこなしたので非の打ち所がなかったはずだ。

試験官は実車試験が終わると「いつもそんな運転をしているの？」と懐疑的であっ

後期高齢者講習

た。

「試験だから細心の注意を払って運転したのであって、いつもはもっといい加減な運転をしているんじゃないの？」と言いたかったようだ。

私にしてみれば「試験場では細心の注意を払って運転するのは当たり前じゃないか」と思ったが、黙っていた。

高齢者運転の事故が多い。できるなら免許を返上しろと彼女は言いたかったようだ。彼女が発する言葉は命令と言いがかりであり、個人に対する敬意はなかった。終始上から目線であった。

高齢者それぞれに個性があるのに「老人」という人種としてひとくくりにされる。彼女たちが対象にしているのは老人の受験者という厄介者である。

彼女たちにあるのは「老人」という幻想に近い、いい加減なモデルである。そのモデルを基準にして人を見ている。

翻って現代の世相を見れば医療現場において命の選別が意識化されないままに定着している可能性がある。

高齢者が振り落とされていく過程を無視して社会が進んでしまう危うさを抱えている。

人の価値を年齢によって位置づけてしまう悪い癖は、最近の日本で顕著になってきた。

選択

入院中の八十四歳のS子さんに看護師が訊いた。「今日はどっちの夕食にする?」入院患者は洋食か和食か、食事を選ぶことができるようになっている。

Sさんは答えた。

「どっちでもええよ。あんたらがいいと思うようにしてくれればええで」

Sさんは選ばない。彼女は選ぶという局面はできるだけ避けるようにして生きてきた。選ぶという作業はエネルギーが要るものであり、苦痛が伴うことを知っている。だから選択するという作業は能力に余力がないと億劫になるのだ。

「どうしても選ばなければならない」という局面に遭遇することは人生においてそう多くはなかったが、そのたびに辛かった。彼女には人生の節目で「苦労して選んでは後悔してきた」経験がある。

どっちでも ええよ

「選んでよかったのかしら?」と後になって思うことが多かった。

彼女の最初の試練の機会は結婚であった。

一応「選択」して結婚したつもりだった。月日が経って、孫に「おばあちゃんはどうしておじいちゃんと結婚したの?」と訊かれたときに、「落とし穴に落とされたようなものだった」と答えた。落とし穴を選んでしまったのだった。

あのとき以来彼女は選ぶことに恐怖を覚えるようになった。

結婚してからの人生の街道ではなるべく選択権を行使しないように生きてきた。

何事も亭主の意のままに過ごしてきた。

唯一選ぶのはお買い物であった。しかし買い物中はいつも亭主のご機嫌が悪かった。

だから孫に「おばあちゃんは人生の中で何時が一番幸せだった?」と訊かれると「あの人が死んでから」と答えるのだ。

今の世の中は死に方を迫ってくる。どっちにするか早くから決めておけという。

「どういう死に方をしたい?」と看護師に訊かれた。「どういう死に方って?」、「死ぬ間際になって人工呼吸器を付けるか付けないか、今のうちに決めといた方がいいよ」

彼女は答えた。「どっちでもいいよ、付けたきゃ付けりゃいいし、付けたくなきゃ付けんでもいいし、あんたらの好きなようにしてくれりゃーええで」

憎めないが始末の悪い患者

Wさんは十年前から私の外来に通院している糖尿病の患者である。六十五歳で建設会社に勤めているらしい。

「先生だけが頼りですのでお願いします」といつも愛想がよい。

「今日もコントロール悪いね」と私が言うと、「わかっています」と神妙な表情になった。「このご時世でしょ。最近では散歩もできませんよ」、「そりゃそうだけど、前回よりもさらに悪くなっていますよ。このまま悪くなっていくとインスリンを打つことになるよ。私の言うことを聞いてくださいよ」、「私は先生の言うことをよく聞いております」、「聞いているだけじゃないか。聞き流しているだけだよね」、「その辺りはよく自覚しております」、「自覚するなよ、そんなこと」、「美味しい物があるともう駄目なんですよ。先生もそうじゃありません」、「まーそうだけどね」

「ところで最近美味しいお店を発見しましてね」、「どこで?」、「名古屋なんですよ、それが、うまいんですよ」、「近いの?」、「すぐそこですよ」、「それじゃ今度行こうかな」、「ぜひ行きましょう」

「それにしてもこのまま放っておくわけにはいかないので、そろそろ薬を増やさにゃいかんね」、「先生。それだけは勘弁してください。もうこれ以上薬を増やさないでください」、「これ以上ってまだ一剤飲んでいるだけじゃない」、「先生、もう一回だけ待ってください」、「そう言い続けてもう二年になるけどね。私は二年間待ち続けているんだけどね」、「よくわかっています。とにかく薬を増やすのだけは止めてください。先生だってそう思ってるでしょ」、「まーそうだけど。薬が増やせないなら、あなたにお願いするしかないね」

「そうですね」、「お願いですから間食をやめて毎日散歩をしてください」、「わかりました。できるだけ歩くようにしましょう」、「そしてお願いだから、お酒を控えてください」

どういうわけか、私が患者に哀願することになった。

患者が最後に言った。

「できるだけ先生の意に沿うように努力しましょう」

V　血管迷走神経反射

血管迷走神経反射

残暑の厳しい夏の終わりだった。大学の構内にある体育館には道順を示す赤い札が置かれて、大型の扇風機が音を立てて回っていた。

受付前には感染除けのビニールシートが立てられていた。感染予防のために窓が開け放たれているので外部から熱風が体育館全体を襲っていた。新型コロナ感染症の集団予防接種がおこなわれていたのだ。

会場は重々しい雰囲気に包まれていた。湿度が高いのでじっと座っていても脇の下に汗が溜まった。接種を受ける学生は受付を済ませると、体育館の中を幾重にも赤い柵で囲われた通路をたどる。問診を経て注射を終えると体育館の広間に出て椅子に腰掛けて時間を過ごす。

私は問診の医者だった。体育館を見回すと臨時職員が注射後の女子大生に「大丈夫ですか？」と声をかけて回っていた。落ち着いていた女子大生は声をかけられたことで不安になった。

「大丈夫でないってこともあるのかしら？」

見回り役が三回まわって「大丈夫ですか？」としつこく問うたのをきっかけにして、女子大生が背もたれに頭をぶつけるようにして後ろへのけぞった。それを見ていたその後ろにいた女子大生も倒れた。その後ろもまたその後ろも総勢四名が迷走神経反射で倒れてしまった。

ワクチン接種による血管迷走神経反射は女子大生の間で伝染するのであった。

五十メートル先の私の向かいに座っていた若くて綺麗な受付の事務職員が私に向かって手を振っていた。右手に青色のハンカチを持っていた。私も思わず手を振って答えた。長く手を振り合っていたが、私は疲れてやめてしまった。それでも相手はかまわず前後左右に身体を動かして執拗に手を振り続けた。右手が疲れたとみえて左手にハンカチを持ち替えて振り続けた。

私は自分の人気の高さに途方に暮れた。

私のそばを通りかかった事務員に尋ねると、女子職員は私に手を振っているのではなく、ビニールの遮蔽を雑巾で掃除をしているということだった。

透明のビニールの向こう側で曇り除けと感染予防のために雑巾がけをしていたのであった。

気になる言葉――「そうしたこと」と「何だろう?」――

私は自分でそう思うことはないが、他人から見れば人生の終わりを迎えているらしい。

ある人に訊かれた。

「私は六十歳ですが、来年に定年を迎えようとしています。そろそろ成熟していいはずですが、他人のことが気になってしょうがない。他人にどう思われているのだろうかとか、他人に何気なくささやかれた嫌みな言葉が気になってしょうがないとか、あいつよりも自分の方が上だとか、そうした馬鹿げた煩悩が抜けません。先生にはそうしたつまらぬ悩みはありませんか?」

「年をとればそうした悩みから解放されますか?」と聞かれたのだ。

なぜかこの頃、「そうした」という言葉をよく使う人がいる。

そういう言葉を使えば言葉を吟味して説明する課程を「そうしたこと」として省略できる便利な言葉だからだろう。使い始めるとやめられなくなる。

そしてこの頃、若者の間に流行っているのは「何だろう?」である。話の途中に「何だろう?」と入れて、半拍遅れで意見をしゃべる。「何だろう?」も癖になるようで使い始めると止まらない。「何だろう?」と自問して言葉を深く吟味している振りをしている。

そこで最初の話の続きになるが、私の人生を思い返してみると「つまらぬ悩みにとらわれていなかったこと」がまったくなかったという時期は思い出せない。そうしたことはまったくなかった。

何だろう?

私の脳には煩悩の路線が敷かれており、常に悩みの車両が走っていた。若い頃から現在まで消えたことはなかった。悩みのすべてはつまらぬ対人関係であった。

そうしたことは年をとっても変わらない。

強いて言えば、若い頃は複数の悩みが一緒に走っていたが、年をとるといくつもの悩みが同時に路線上に存在することは少なくなってきた。最近の私の悔恨の路線にあるのは、単線上にある単一車両である。

何だろう？

複数あっても路線に乗せられなくなってきたのかもしれない。

脳の容量が減って大量の悩みを引き受けられなくなったのか。それとも忘れてしまうからなのか。

何だろう？

恐らくその両方だろう。

しかし、年をとって確実に変わったことはある。

何だろう?

それは走っている他人の車両を眺める余裕が生まれてきたことである。

若い時は自分のことしか見えなかったが、年をとると怨念の荷物を載せて走る向かいの車両を眺めることができるようになった。

あちらの車両にも同じような悩みを乗せて同じ煩悩を抱えて苦しむ人がいることがわかるのだ。

運転免許更新のための認知機能検査

車の運転をする後期高齢者は三年ごとにストレスに遭遇する。

運転免許更新のための認知機能検査を受けなければならないからである。

認知症の疑いのない人でも七十五歳を過ぎれば誰でも受ける義務がある。怠ると運転免許証がもらえない。認知症専門医だからといって免除されることはない。

私の外来に通っている大工の森さんは「満点であった」そうである。

さる病院の院長は九十二点であったそうな。

受検者には受検後数週間で結果が通知されるので自分の得点がわかるのだ。

時間の見当識、時計描画、手がかり再生が検査項目である。

時間の見当識とは「今が何年何月の何時何分か?」と問うもので、時計描画は時計の文字盤を描いてそこへ長針と短針を描くだけのものだ。どちらも認知症でなければ間違えることはない。

難題は手がかり再生という記憶力の検査である。

我々が人生で受けてきた試験のほとんどは記憶力を試すものである。

記憶力は人間の能力のほんの一部に過ぎないのに記憶力に優れた者が「頭がいいひと」であると一般に信じられている。そして受験戦争の勝者になる。

だから七十五歳を過ぎた老人でも記憶力を自慢の種にしたがる。

内容はイラストを見せられて、それを記憶して回答するというものである。イラストは十六個ある。

何の因果関係もないイラストをただ記憶するという作業は意外と大変である。

中学一年生の孫にやらせてみたら一瞥しただけで全問正解したところをみると、加齢に伴って減衰する能力らしい。

何の準備もせずに受検するものだと思っていたが、森さんがネットに問題が出ていると教えてくれた。

ネットで見ると、警察のサイトで問題を公表しており練習を勧めていた。

後期高齢者はこぞって練習に励んでいるようだ。

高得点の人は徹夜で勉強して受検した人に違いない。

私も検査の一カ月前に虎の巻を購入して練習に励んだ。

問題は四通りあった。満点を取ろうとすれば六十四コマのイラストを全部覚えておかなければ安心できない。

組み合わせは無秩序で何の関連性もない動物や果物や乗り物のイラストである。

私は検査の一週間前から散歩しながら「スカート、オートバイ、物差し、ぶどう」と、口に出して記憶しようとしたが脳への貯蔵には困難を極めた。

先週検査があった。

結果は未だわからない。

大正デモクラシーと女たち

私が田舎で幼少期を過ごしていた頃に古くからの風習を変えようとした大人に出会ったことはなかった。大人とは昔からの風習を変えることなど考えたこともない人たちであると思っていた。例えばその頃の田舎の葬式は代々受け継がれてきた儀式があり、それをおこなう人々には序列があり、それを施行するには古くから決められていた日程があった。

お寺のお坊さんの差配が絶対的であった。

村人は日常の業務を放り出して葬式に駆けつけ日夜を問わず葬式の家に滞在した。

近隣の女性たちは朝から葬式の家の台所に入り弔問客のために食事を作った。

男たちは座敷に座り込んで昼間から酒を飲んでいた。

そのような代々続いていた田舎の葬式はその異様さを誰も指摘することもせず、田舎の嫁たちの人権をないがしろにしてきた。私は子供ながらに憤りを感じていた。

名古屋に出てきてその風習をいとも簡単に簡素化してしまう人に出会った。

妻の実家の法事に出ると、義母が「今日のお経は短くしてちょうだい」とお坊さんに注文をつけていた。私はお坊さんに文句をいう檀家に初めて出会ったのだった。

宗教の呪縛を軽々と越えてしまう人がいたのである。義母は明治の生まれであり大正デモクラシーの余韻の残る時代に高等女学校で学んでいた。その時に白樺派の自我中心主義に接していたのだ。その思想はある種のコスモポリタニズムであり楽天的であった。

そのような合理性を持ち合わせた女性は義母をおいて他にいないと思っていた。

ところが数年前から義母に似たタイプの女性たちの一群の存在を意識するようになった。私の外来に受診していた男性の患者たちが年を取り妻たちが付き添いで来るようになってからであった。

認知症で腎臓癌を患っていた夫をいたわりながら「夫は手術しません」ときっぱりと断って「夫はもう十分に生きたのでもういつ死んでも大丈夫です」と言う九十二歳

今日のお経は短くしてちょうだい

のSさんもその一人だ。

夫の死後の世界も一人で生きて行く覚悟ができており、毅然としていた。明るく人生の難局を乗り越える勇気を持った人たちである。

彼女たちに共通しているのは、大正デモクラシーの余韻の残る昭和の初めに青春時代を過ごし高等教育を受けた人たちである。

白樺派の自由の思想に触れて、今でも少女のような好奇心を持ち続けている。

著名な歌人によると、現代の短歌の世界を支えているのはその人たちであるという。

老衰死について

現在の日本人の死因の一位は「癌」であることは誰でも知っています。二位は「心臓疾患」であることも知っていると思います。それでは三位は？　と問われてすぐに「老衰」と答えられる人は少ないでしょう。

そうなんです。厚生労働省の統計によると、二〇〇〇年代に入ってから男女ともに「老衰」が増加し、二〇一八年にはそれまで死因の三位だった「脳血管疾患」や「肺炎」から「老衰」になりました。

歴史的にみると一九五〇年代までの日本では老衰は現在と同じ三位に位置していました。一九五〇年代以降、老衰死亡率は著明に低下して死因の五位以内に入らなくなりました。

医療・診断技術などが一段と向上し、高齢者の死因について安易な老衰の臨床診断を下すことが避けられるようになったことによると思われます。

私が学生の頃は死亡診断書の死因に老衰と書くことはありませんでした。「人がなんの病気もなしに純粋な老化だけで死ぬなんて馬鹿も休み休み言ってほしい」と医者が考えていました。

西洋の医学界でも直接的な死因が必ずあり、死因を特定することが至上命令であると信じていたのです。

その証拠に世界の医者たちは取り憑かれたような細かさで死因を分類しています。世界保健機関（WHO）が発行する「疾病及び関連保健問題の国際統計分類」は死因や疾病の国際的な統計基準として公表している分類です。

一八九三年に初めて世に出たときには、一六一個の分類の見出しがあったのですが、現在ではそれが一万五千個を超えています。

ところがそのような流れに逆行するように最近再び死因の状況に変化が出現しているのです。

理由はいくつか考えられます。

まず初めに平均寿命が延びて死亡者全体のうち高齢者が占める割合が増えているためではないかと考えられます。

次に高齢者の死因は明確な傷病名をもって診断し難いため、「死因は究明すれば必ずあるはずであるが、とりあえず便宜上、老衰としておこう」としたと考えられます。

さらには医療現場が「老衰死」という様態を自然死として受け入れるようになったからとも思われます。無理して治療するよりも自然な死を受け入れようと考える人が増えてきたとも言えます。

世界で最も早く超高齢社会になっている我が国において、老衰が増えるのは極めて自然だと思われます。

将来、老衰が死因の一位になる可能性もあります。

我々老年科医の究極の目的は老衰が純粋に老化の果ての死の原因になることであります。

幻の学会

六月十一日から開催の学会総会の会長をやることになっている。

今日はその三日前である。

私が会長になることが決まったのは八年前であった。

その年の八年後とは七年後におこなわれる予定の東京オリンピックの翌年であった。

その頃の私は癌に侵されて生死の境を漂っていた。周辺のリンパ節への転移が認められ、五年後の生存率は一〇%程度のⅣ期の食道癌であった。

「私は八年後には死んでいると思います」と口に出すのは憚られたので断ることはしなかった。誰だって八年後に必ず生きているという保証はなかったが、私の場合は周囲の医者の全員が「生きてはいまい」という見解で一致していた。

学会側も「あいつが生きているとは思わないが、死を想定した予定は立てられない」ということで私に決まったのではないかと思われる。

私にとって幻の学会になるはずであった。

しかし多くの人の想定を覆して、そして何より私の予想に反して私は死なずにいる。

想定外だったのはコロナ騒ぎである。そのせいでオリンピックは延期となり、学会はWEB開催になった。

学会開催日の前に多くの発表は予め録画されて事務局に送られている。

私の会長講演もできあがっており、画面に流すだけになっている。パワーポイントのスライドショーを使い、原稿を作り、音声を記録した。

最初は部屋着で自宅の部屋でやったが、思い直して大学の研究室へ出かけてネクタイをして背広を着て撮った。

その後見直したが一週間前になると、見るのも嫌になった。繰り返し練習することが上達につながるとは限らない。私の語尾不明瞭は一向に改善されなかった。

自分の発表でも聞いていると眠くなる。

すでに学会が始まる前に終わったような気分になるのはどうしたことか？

そうやってこれから学会を迎えようとしている。
人が集まらない学会が始まろうとしている。
思わぬ人にばったりと出会う機会がない学会が始まろうとしている。

真夏の炬燵

学生の頃、四畳半の下宿に住んでいた。部屋には季節とは無関係に炬燵《こたつ》と扇風機があった。真冬に扇風機の、真夏に炬燵のコードをコンセントに間違って入れることがよくあった。

六十三歳の山下さんは、丸い腹の周りにスマホやタブレットをぶら下げて歩いていた。YouTube や Facebook などのＳＮＳで武装した情報戦士の趣があった。

二型糖尿病であったが、五年ほど前にインスリンを導入して自己注射をしていた。職業は不動産業であると言ったり電気屋をやっていると言ったりしていたが、定かではなかった。Facebook には女子大生の写真がいくつかあって私に自慢して見せてきた。

笑顔の絶えない熱い人だった。彼が来ると診察室は真夏に電気ストーブのスイッチを入れたような雰囲気になった。

深刻な話題をYouTubeから拾ってきて私に教えてくれた。最近では新型コロナに関する話題が多かった。いつも一方的で私の話に耳を貸すことはなかった。

糖尿病治療に関わる情報を収集すると即座に自分の治療に取り入れた。自分で治療の方針を考えて私に協力を求めた。

私は彼の一方的な態度に腹が立ち、いつもけんか腰だった。「私は責任をもてないので勝手にしてくれ」と脅しても、表面上で取り繕うだけで実際は従うことはなかった。

「先生は心配しなくてもいいですよ。私はこの通り元気でやってますから」と私の心配をよそに楽天的であった。責任を私に転嫁することはなかった。

彼は昨年の年末には音楽療法を取り入れた。睡眠中に音楽を流すことにより血糖値が下がったそうで、私の必死の懇願を無視してインスリンの自己注射をやめてしまった。

家族がそんな振る舞いを許すはずがないと思うから、私は彼が独身だと思っていた。

彼が持参した食事療法の写真にも家族の気配はなかった。しかし、先週「死んだ」と電話してきたのは奥さんだった。

私の心は急に寒くなった。真冬に扇風機が回ったような気がした。

コロナと衣替え

衣替えをしようと思って洋服ダンスをみると、スーツとコートにビニールがかぶせてあった。昨年の春にクリーニング店から持ち帰ったままになっていたのだ。国立大学を定年になってから、スーツを着て出勤するという生活スタイルから卒業していた今日この頃である。

スーツを着るのは公的な会議のときだけになっていたのだが、昨年は多くの会議が中止になるかリモートになった。リモートの会議ではセーターにノーネクタイで参加していたのでスーツを着る機会はなかった。遠出をしなかったためかなぜかコートは一度も着なかったらしい。

このような事情は私だけではなく、多くの日本人に当てはまるのではないかと思えた。

「新型コロナが流行ると人々は衣替えをしなくなる」という法則を思いついた。

大発見はふとした思いつきから生まれるものだ。

カッターシャツとズボンは老人の節度で毎週クリーニングに出していた。そのカッターシャツを携えてクリーニング屋へ出かけた。

私の発見した法則は誰にでも当てはまるはずであった。

「今年の衣替えは少ないんじゃない？」とクリーニング屋のおばさんにドキドキしながら尋ねてみた。特殊な事情が普遍化されたときは大発見の予感がする。

おばさんは言った。「そうなんですよ、今年は暇なのよ。閑古鳥が鳴いてるわ」

私の予測は見事に当たった。昔の研究生活時代が蘇った。研究生活は勘違いによる恍惚感とそれに続く失意の連続であった。

私の大発見のすべてに再現性がなかった。しかし今回の発見はかなりの確率で確かだと思った。

次の週も私はカッターシャツを持って再びクリーニング屋へ出かけた。

おばさんが「今週は忙しくて、大変なのよ。先週までが嘘のよう。衣替えの人が

クリーニング

いっぱい来るんですよ」と言った。

前回は衣替えにするにはまだ時期が早かったようだった。ただそれだけのことだった。

私の心の道路には昔ながらの狭い轍《わだち》の跡がついていて、今でもそのとおりに動いているようだ。

Ⅵ　戦災の子供

戦災の子供

テレビのウクライナでの戦争の映像で少年の姿が写っているのを見て、私の子供の頃を思い出した。

私が小学生であったのは、昭和二十年代の中頃である。

第二次世界大戦後の混乱から国民が立ちなおる前で戦争の跡が色濃く残っていた。

父は私が生まれると、すぐに戦死していた。

私の通った小学校には一学年に一学級しかなかったが、一クラスが五十人以上の大人数学級であった。

六月の雨降りの日に先生に呼び出された。授業は受けなくてもよいから町の集会所へ行きなさいということであった。

毎年その季節になると同じ集会所へ連れて行かれた。

そこは町の戦災孤児たちを集めて慰安するための会場であった。国の行事であって一年に一回全国的に開催されていたらしい。

戦争は膨大な未亡人と戦災孤児を生み出した。都会での戦災孤児は浮浪児となって窃盗などの罪を犯し、社会問題となっていた。

誇り高かった母は戦争未亡人として差別されることに耐えられなかったようだ。祖父の計らいで父の弟と再婚した。しかし私はそのような事情は知らされておらず、義父が父親でないことなど疑うこともなかった。

母は「この子は父親が戦争で死んでいることを知らないのです」と学校の先生に言えなかった。ただおろおろとしていたに違いない。

集会所へ集められることによって、私は普通の家庭の子供ではないと薄々感じることになった。

周囲の善意の嘘は幼少期の私をひどく混乱させた。

集会所では孤児の慰安のために子供たちにおやつを食べさせて、紙芝居をやっていた。

しかし授業中に教室から孤児を連れ出すことは、その頃の子供たちの間に生まれていた差別意識を助長することでしかなかった。

戦争で父親を亡くした子供に同情が集まったのは戦争が終わって数年間だけで、月日が経つと差別の対象になっていったのだ。

また戦争が始まって戦災孤児がうまれている。

テレビに映っていたウクライナの少年は泣きながら道路を歩いていた。

ひとごととは思えなかった。

ミネゾの木

私の信州の実家の周囲はミネゾの木で囲まれていた。

ミネゾの木の花は四月ごろに咲き、初秋には赤い実になった。

種子は赤い湯飲みの中に丸い種が入っているようで、摘んで食べたものだ。ほのかな甘みがした。

名古屋に出てきて庭付きの家を建てたのは二十年ほど前である。

家を建てると、すぐに町のホームセンターで買ってきた二本のミネゾの木を植えた。

信州の家のように隣家との垣根にするためであった。

しかし二十年経った今も一向に垣根を形成しない。花も咲かないし赤い実もならない。

ネットで調べてみるとミネゾには雄と雌があり、両方が揃わないと実が付かないことがわかった。我が家のミネゾには両性がそろっていないらしい。そしてミネゾは恐ろしく寿命が長いこともわかった。実家のミネゾも百年も前からあったのかも知れない。

名古屋に家を建てたのは私が五十歳を過ぎてからだった。信州を後にして三十年は経っていた。

家を建てるのが比較的晩年になったのは経済的な理由ではなかった。両親は私の帰郷することを強く願っていた。私が名古屋に家を建てると彼らの悲しみを誘うだろうと思ったからであった。

我が家は伝統を受け継がねばならぬ家柄ではないし医者の家柄でもない。しかしそれでも家を継がないということは大事件であった。

私は名古屋で新居を構えるのを先へ先へと延ばしていたのであった。

私の人生の悩みの大半は田舎の長男に関わることで占められていた。

現在の私の外来患者には私と似たような境遇の人がおり、同じ悩みを抱えて都会に住んでいる老人が意外に多いことが最近わかった。

母が死んで十年経った頃に決意して名古屋へ家を建てた。

それから二十年経って今ではもう両親はいない。

現在では信州の我が家は空き家になっている。

私は四季折々に信州の家を思い出す。

春のフクジュソウ、夏のオニヤンマ、秋は庭一面を真っ赤に染める柿の葉、冬のミネゾに降り注ぐ雪、そして庭からいつも見えた駒ヶ岳である。

妻の付き添い

外来へ通院中の男性患者に妻がついてくることがある。

その場合には三つの型がある。

一つ目は妻が夫を犬のように連れてくるタイプである。

妻は医者に夫の至らなさを延々と述べる。そして医者の口から夫に注意をしてほしいという。

「お酒を止めるように言ってくださいよ、先生！　私がいくら言っても駄目なんです」というようなケースである。

妻にとって医者は自分の味方だと思っている。医者も妻の言い分を一方的に信じて疑わない。

妻は善で夫は悪であると多くの医者はそう思いがちである。

夫は何を言っても信じてもらえないと、諦めて、黙って聞いている。

妻に悪意はないので診察室の空気はそれほど悪くはない。

二つめは密告型といえるもので診察室が冷たい空気になる。

妻は夫に従ってついてくるように見えるが、夫への深刻な不満を医者に打ち明けようとして来院する。そして医者への不信も持っている。

認知症の所見はまったくない夫についてきた妻がいた。

「夫は認知症ではない」と私が告げると、妻は不満そうな表情になった。二人で外来を出た後で妻だけが引き返してきて「実は――」と言って、「あの人は認知症です。私が一番わかっています」と言って「先生は、何もわかっていない」と、口には出さないが、そう言いたそうな表情になった。

夫の暴力の跡だと言ってスマホに写っている腕のアザの写真を私に見せた妻もいた。

三つ目は仲のいい夫婦である。

いたわるように寄り添ってきて、夫の病態が良好であると言われると、妻に満面の笑みが生まれる。

医者も看護師も嬉しくなって診察室が幸福感に溢れる。

イギリスの小説家フォスターは、「仲の良い夫婦は社会にとって非常に重要なもので、これを生み出せない文明はすべて失敗である。人類の真の歴史は愛情の歴史なのだ。これに比べれば他の歴史等は総べて偽りである」と述べている。

母の背中

通勤途中の国道から丘に続く道があり、丘の上には数軒の家がありそうに見える。雑木林に覆われていて人家は見えないが秋になると無数の柿がなっているのがわかる。私のクリニックへ来ている女性の患者が「昔は他人の家の柿を盗んで食べたけど、今では自分の家の柿でも取らん家ばかりだわ」と言っていた。この頃の民家の柿は収穫の時期が過ぎてもそのままに放置されているらしい。

私は秋の夕方にその寂しげな丘の上の景色を眺めると故郷を思い出す。私の子供の頃は昭和二十年代の初めで戦争の跡が残っており、食糧難の時代であった。

どこの家の庭にも果実をつける樹木が植えられていた。

私の生家にも柿のほかに梅の木や杏の木がありブドウ棚もあった。

季節の折々に果実の匂いがしていた。

その頃は、都会には寝る所がなくさまよい歩く浮浪児と呼ばれた戦災孤児がいた。彼らは食べるものを求めて巷《ちまた》をさまよっていた。戦争で家族を失った子供が「野良犬」とか「ルンペン」と呼ばれて蔑《さげす》まれていた。親をなくして彷徨《さまよ》う子供たちを民衆は差別の対象にして、二重の苦しみを負わせていたのだ。

私の父も戦争に行ったきり帰ってこなかった。

田舎にも戦災遺児はいたが都会ほどの食糧不足ではなかった。田舎には米があり庭にはさまざまな果樹があったからだ。

霜が降りて柿の葉が庭一面に絨毯の様に敷き詰められる頃は、農家では自家製の漬物を仕込む時期であった。

母が野沢菜や大根を畑から取ってきて、オハヅケやオコウコにするために天竜川沿いの小川の水で洗っていたのを覚えている。

母は戦争に行った父が飯田線の電車を降りて天竜川の橋を渡って帰って来ることを願っていた。幼い子供を背負って冷たい川の水に手を入れて泣きながら菜っ葉を洗っていたのだ。

しかし父は永遠に帰ってこなかった。

私が晩秋の丘の上の柿を眺めると悲しくなるのは、母がすすり泣くのを母の背中で聞いていたことを思い出すからだと思う。

無神経な医者

九十三歳のKさんは外科の開業医であったが、八十三歳で廃業して以来、妻と二人の生活を続けてきた。八十七歳の妻との間に子供はいない。

糖尿病があって私の外来へ通っていた。

旧制の松本高校の出身であり、北杜夫は同級生であったそうだ。

八十八歳の頃から認知症の症状が出るようになった。認知症は徐々に進行したが、北杜夫の話題になった時だけ表情が豊かになった。妻にゴルフへ連れていってもらうのが唯一の楽しみであった。

九十一歳の時に糖尿病が悪化したので全身のCT検査をしたのだが、その折りに腎臓癌が発見された。

大学病院へ紹介すると、「腎臓癌は根治が可能で手術の適応であるが、どうします?」と医師に訊かれたそうだ。

二人は難題を抱えてしまった。

手術のために入院すると認知症は悪化するだろう。しかし癌を放置すれば二人の生活は終わりになる。

妻は夫を連れて私の所へ相談にきた。

Kさんは不安そうに妻の横顔を眺めていた。私がどう助言したらいいのか困惑していると、妻がその場で決断して私に言った。「手術はしません。もう十分に生きたので命に未練はありません」

彼女は夫との穏やかな日常を送りながら最後まで見送り、夫の亡き後の自分の命の行く末を見通して決断したのであった。

それから彼らは手のひらに残された砂が次第に少なくなっていくような人生を生きていた。

今年になって二年ぶりに大学の担当医の外来を受診したそうだ。

大学病院の医者が「どうせ手術をしないんだから検査をしなくてもいいだろう」と、

言ったという。

「今がどうなっているか知りたいですよね」と、妻は寂しそうに私の外来に来て言った。

彼らは手術をしないという選択はしたが、何時死んでもいいと思っているわけではない。

死期までどのように生きようかと探っているところなのだ。

その後Kさんは認知症が悪化して介護施設へ入所した。

そして、先週のことだった。妻から「夫が施設で亡くなった」という電話があった。

老人性紫斑病

人は無意識のうちに皮膚の状態から自分の健康状態を判断している。私たちはさまざまな形で老いを感じるが、直接的に老化を感じ取るのは皮膚の変化である。皮膚は我々の臓器の中で最も大きな臓器であることは意外と知られていない。女性たちは皮膚の老化を覆い隠すために絶え間ない努力をつぎ込み莫大な費用を投資している。

高齢者が皮膚の老化から受ける精神的なインパクトはことのほか大きい。皮膚の変化のうち最も衝撃的に人を襲う老化の兆しの一つに「老人斑」がある。私が老人であると通告をうけたような気分になったのも右手の甲に出現した老人斑であった。

素肌に印鑑で「老人」と押印されたような衝撃を受けた。七十歳代に入った頃であった。ある日突然右腕に出血斑が現れた。けがをした記憶がないのにあざが出現したのである。

老人斑とは高齢者の腕の前部や手背などに出現する皮下の内出血である。加齢とともに皮膚が薄くなり血管がもろくなるのが原因である。

わずかな力でも内出血を来たすので、私の場合のようにぶつけた記憶がないこともある。

周囲の正常な皮膚とあざの境界は比較的明瞭であり、同時期に複数箇所に見られることが多い。

出血をきたすような他の疾患が存在しない場合は、命の心配をする必要はなく、日常生活に支障をきたすことはない。特別な治療はせずに経過を観察することになる。

一カ月以内に消失するが、原因が加齢による皮膚の脆弱性にあるので再発することがまれではない。

老人斑という病名がついているが言い得て妙な名前で若い人に発症することはない。

しかし必ずしも白髪や皺などの他の老化の指標と一致するものでもない。

私は、「老人斑」とわざわざ老人を強調した病名には違和感があり、できることなら別の病名に変えるべきであると思っている。

しかし私に再び出現したときには「老人の勲章である」と開き直って人前に出ようとは思ってはいるが。

酒は百薬の長か？

「酒はほどほどであれば健康に良い」と患者に言っていた。

「ほどほどとはどのくらいですか？」と聞かれると「ビールであれば缶ビール一本、ワインならグラス二杯、日本酒で一合程度、ウイスキーで水割り二杯」と答えていた。

医者が患者に言ったことを自分で守っているとは限らない。

九年前まで私は缶ビールを毎日正確に七本飲んでいた。月に二一〇本にもなったので町内の子供会の役員に喜ばれた。ビールの空き缶は廃品回収の中で唯一の現金収入になるのであった。

五十五歳までは煙草も吸っていた。

大量飲酒者で煙草を吸う人は食道癌になる確率が高いと科学的に証明されていたが、自分には当てはまらないだろうと思っていた。

私は自分がアルコール依存症であると思っていたので、やめることによって生じる禁断症状を恐れていた。

予測通り九年前に食道癌が発症した。癌によって食道が物理的に閉塞されてしまい酒が喉を通過しなかった。

禁酒状態に陥ったが、恐れていた禁断症状は出現しなかった。

大学病院へ入院して、化学療法と放射線による治療を終えて退院するときに「お酒は飲んでもいいですか？」と主治医に聞いた。主治医は「ほどほどならいいですよ」と答えた。

傍らでそのやりとりを聞いていた妻が「先生、そんな甘いことは言わないでください。この人にほどほど、と言うことはできません」と言った。結局禁酒を言い渡されて退院後しばらくは酒を飲まなかった。

三年後ぐらいからちょぼちょぼ飲み始めて五年が経ったころに食道癌が再発した。

「酒は少量でも害である」という論文が出たのはその頃であった。

ほどほどでも害であるというのであった。

世界の研究者たちが「酒は百薬の長であるというのは神話に過ぎなかったのではないか」と思い始めたのである。

それから私は酒を飲むのをやめて現在に至っている。

しかし「いつの日か再び飲める日が来るであろう」と楽しみにしているから、酒から完全に脱却したわけではない。

戦争は終わっていない

七月になると幼い日の七夕を思い出す。

終戦間もない頃の信州の田舎の夜は真っ暗闇であった。

私は終戦の年の二年前に生まれている。

夜の空には無数の星が川の流れに沿うように輝いていた。私は空にも天竜川と同じような水の流れる川があると思っていた。そして七夕になると織り姫と彦星が天の川で再会するというおとぎ話を信じていた。

幼い私は天の川の畔に戦争で死んだ父が来て対岸で待っていた母と会う物語を想像していた。

私の父は私が生まれると、すぐに戦争にかり出されて死んでしまっていた。

父は長男であったので家の存続のために父の弟が家督を継ぐことになった。「弟直し」とか「兄嫁直し」といわれて戦後の日本でおこなわれていた風習であった。すべては家父長であった祖父の計らいであったようだ。

未亡人にならないように母には夫を与え、戦争遺児にならないように私に父を与えたのだ。何事もなかったように戦争の傷跡をやり過ごそうとしたのであった。

しかしそれによって私の実の父の死は、私から伏せられてしまった。村人たちの浅はかな知恵と優しさであった。

父の話になるとそれまでの会話が途切れて、ぎこちない雰囲気が漂うことがあった。「この子は感受性の強い子だね」と言われていた。私が大人の話に聞き耳を立てるからだった。

しかし私は物心ついたころから自分だけが知らされていない戦災遺児であることをうすうす感じていた。

そして七夕の織り姫と彦星の再会を母と父の遭遇の物語にかえて空想の中で遊んでいたのである。

やがて中学生になって戸籍謄本を見ることによって自分が養子であることを公に知

ることになった。

母が死に、義父が死んだ。彼らは私の父のことを全部秘密の布団に包んで天に持って行ってしまった。

今となっては私の父がどこで死んだのか、どのような状況で亡くなったのか知るすべがない。

戦争はその影響を長い射程距離をもって残すのである。

弁当の食べ頃

先月ある学会の会長をやった。

学会は研究者が年に一回一カ所に集まって面と向かって直接議論を交わすことができる数少ない機会である。

しかし今年はコロナのおかげでWEBによる開催を余儀なくされた。インターネットによるリモート会議の学会版である。

WEB開催では一部の会場に関係者が朝から晩まで居座って学会の推移を見守ることになる。

学会の幹部たちと事務局員、それに運営会社の社員の数名が会議場の一部屋に詰めて一日過ごした。

そこに昼飯の弁当が出た。

会長である私はやることがないので密かに一部始終を眺めていた。

弁当は十時三十分頃に段ボール箱に詰め込まれて運ばれてきた。

まだ昼飯まで一時間半もあるので誰でも時間が来るのを待って食べるものと思っていた。

ところが幹部である一人の教授が段ボール箱に近づいて弁当を取り出して食べ始めた。

すると驚いたことにそこに居合わせた人たちも次々と食べ始めた。

私はその光景を見ていて随分昔に読んだことがある論文を思い出した。

正確に覚えてはいないが大筋は以下のようであった。

食欲に関する研究をするために肥満の人と正常体重の人に分けて時間がわからないようにして別々の部屋に閉じ込めておく。

両方の群には朝七時に朝食を食べさせておいて十時になった時点で両方の群に今は十二時だと告げて昼食を出した。

肥満の人たちは全量を摂取したが正常体重の人たちは空腹に相当した量しか食べな

かったという結果だったというものだ。

そのことを思い出して部屋中を眺め回して見ると弁当を食べているのは全員肥満体の教授であった。

太った人は目の前に食べ物があればいつでも全部たべる習性をもっているという実験結果を裏づけるものであった。

そして痩せに分類されるであろうと思われる女性事務員と運営会社の社員と私は十二時になるまで弁当に手を付けなかった。

水すまし

昨年の八月に新車を買った。同じ頃にスマホを新品に変えた。クリニックの電子カルテも新しくなった。

新車でクリニックへ出かけ新しいカルテで診察して新しいスマホで電話をする。いずれの機械も私には不慣れな最新の電子機器を搭載していた。

私は水すましが水面を渡っているような危うさの中で生活をしていた。

「高齢者は自動車免許を返納しろ」と、多くの国民が思っているのは承知している。しかし車の安全装置は日々進歩しているので、高齢者の運転技術の衰えを機器の進歩が支えてくれていると信じていた。

最先端の機器を備えている車のはずであったが、運転中に電話がかかってくると座席に置いてあるスマホを探して耳元へ近づけて通話をしなければならなかった。

私のスマホと車の電話機能がBluetoothで繋がっていなかったのである。販売店へ出かけて行くと、女の子が数分で連結してくれた。誰にでもできる簡単な作業らしかった。

二カ月後、再びつながっていないのに気づいて再度販売店まで出かけて直してもらった。

それから数カ月ほどたって、相変わらず車の中で電話が鳴らないのに気がついた。販売店まで出かけるのは面倒なので大学の研究室へ出入りしている電気業者に「申し訳ないけど――」とお願いした。

気のいい青年が駐車場の車まで歩いて行って一生懸命に連結を試みてもらったが、なぜか繋がらなかった。

すでに車購入から半年が経っていた。

再、再度販売店へ出かけた。

そこで思わぬ事実が発覚した。

私の購入した新車にはハンズフリー機能が適応されていないことがわかったのであ

る。

過去に二回も出向いて繋いでもらったつもりでいたが、その時にハンズフリーから聞けるかどうかを確かめてはいなかった。当然繋がったと思い込んでいたので「ありがとう」を繰り返して販売店を後にしていたのだ。

六カ月の間、不調の原因はもっぱら私に責任があると思い込んでいた。

しかし原因は車の方にあったのだ。

私は欠陥品を買わされたのだと思った。

「車全体が欠陥品ではないのか？」と、怒りの感情が湧いてきた。

私の怒りは半年もの間、問題の本質にたどり着けなかった販売店に向かった。

「もう二度とこの会社から車は買わない！」と啖呵をきって販売店を後にした。

販売店も困ったようだった。

彼らにも初めての症例であるらしかった。

その後、販売店で調査をしたところ、私のスマホに原因があることが判明した。

車の購入と同じ時期に買ったスマホに問題があったのだ。

スマホの会社のBluetoothの準備できていなかったのが原因であった。

スマホの会社の怠慢であったのだ。

ひたすら恐縮してお願いして頭を下げて回った半年であった。

Bluetoothなどという聞きなれない機器の名前さえ知らなかったのに、世間では当たり前の通信手段であることを知ったのは、この事件を契機にしてからであった。

今では問題は解決して、私の怒りも収まった。

そして相変わらず水すましのように水の上を危うく渡り歩いている。

あとがき

今から十六年前、国立大学にいた頃、同僚が私を誘って二人で昼飯を食べるのを日課にしていた。

冬が近づくと彼が誘いに来なくなった。食道癌に襲われて嚥下困難の症状が出るようになったからであった。私が退官した数カ月後に彼は亡くなった。

それから四年経った頃から私に彼と同じ症状が出現した。私は死期が迫ってきていることを自覚しながら生きていた。

二〇一三年五月、新緑の中、ゼミの学生たちと近くの食堂へ昼飯を食べに行った。蕎麦を飲み込むと、小刻みになった蕎麦の断端が口の中に戻ってきて吐き出した。そして水も喉を通過しなくなった。私の体内に水分を取り込めなくなった。

緊急で入院して大学病院の病室で一人になると、命の果てにたどり着いたことを実感した。

私の運命が外界に対して閉じられ、永遠の闇が襲ってくるように感じた。

しかしその瞬間、私は不思議な体験をした。

臨死体験者は「明るい光が突然心の中身を照らし出す」と語るそうだが、後になって思えば臨死体験であったようだ。

今までの出来事を思い出そうと思った瞬間、過去の映像がさっと通り抜けていった。記憶装置に保管されているすべてを一目で見ることができたかのような錯覚が襲ってきたのであった。

幼い頃から現在までの思い出の映像がスクリーンを流れるように浮かんできた。どの思い出も強調されることなく天竜川の水の流れのように思い出の映像が流れていった。それは少し離れた所から見ている舞台のようでもあり、客観的な映像の記録のようでもあった。

記憶は過去の出来事に未来を反映した産物であるのだが、そのときの私に未来を思い描くことはなかった。

未来のないその時の私にとっての記憶には不思議な幸福感だけがあった。

しかしその後、胃カメラによって水分の通過が可能になり、微かに生きる可能性が生まれてくると、私の幸福の映像は消えてしまった。

食道癌発症からすでに十年が経ち、私は今年で八十歳になる。

思いがけず、随分と高い山へ登ってきてしまったという感じがある。

若い頃私は、人は老いるにしたがっていろいろのことが楽になっていくに違いない、と思っていた。

しかし今、老いてきたが、ささくれだった感情は相変わらずだし、思い出したくない記憶は毎日私を襲う。

そして私は今でも高齢の患者たちを診ているが、高齢者だからといって生きることの喜びも、不安も生命の輝きも悲しみも希望も、青年の心と何も変わることはない。

本書は二〇二一年から二〇二三年の間に、長寿科学振興財団・健康長寿ネット、毎日新聞、名古屋大学医学部学友時報、GERIATRIC MEDICINEに連載したものの中から選んで載せた。

［著者略歴］
井口昭久（いぐち・あきひさ）
1970年、名古屋大学医学部卒業後、名古屋大学医学部第三内科入局。78年、ニューヨーク医科大学留学。93年、名古屋大学医学部老年科教授。名古屋大学医学部附属病院長をへて、現在、愛知淑徳大学健康医療科学部教授・名古屋大学名誉教授・第32回日本老年学会会長
おもな著書に『ちょっとしみじみ悩みつきない医者人生』『鈍行列車に乗って』『やがて可笑しき老年期』『〈老い〉のかたわらで』『旅の途中で』『誰も老人を経験していない』『〈老い〉という贈り物』（以上、風媒社）、『これからの老年学――サイエンスから介護まで』（編著、名古屋大学出版会）などがある。

カバー・本文イラスト／茶畑和也
装幀／三矢千穂

老いを見るまなざし――ドクター井口のちょっと一言

2023年7月20日　第1刷発行　（定価はカバーに表示してあります）

著　者　　井口 昭久
発行者　　山口 章

発行所　名古屋市中区大須1丁目16番29号
電話 052-218-7808　FAX052-218-7709
http://www.fubaisha.com/
風媒社

乱丁・落丁本はお取り替えいたします。　＊印刷・製本／シナノパブリッシングプレス
ISBN978-4-8331-3191-9